LE

DRAPEAU

JULES CLARETIE

D'ap. A. Salmon

LE DRAPEAU

PAR

JULES CLARETIE

EDITION ILLUSTRÉE

DE

Gravures hors texte, par A. de NEUVILLE

et de gravures sur bois, d'après les dessins de EDMOND MORIN

ET DU PORTRAIT DE L'AUTEUR

gravé à l'eau-forte, par A. GILBERT

PARIS

GEORGES DECAUX | MAURICE DREYFOUS

ÉDITEUR | ÉDITEUR

7, rue du Croissant, 7 | 13, faubourg Montmartre, 13

1879

I

LE DRAPEAU

I

— Voyez-vous, disait souvent le vieux capitaine
Fougerel en frappant sur la table, vous ne savez pas,
vous autres, ce que c'est que le drapeau. Il faut avoir
été soldat ; il faut avoir passé la frontière et marché
sur des chemins qui ne sont plus ceux de France ; il
faut avoir été éloigné du pays, sevré de toute parole
de la langue qu'on a parlée depuis l'enfance ; il faut
s'être dit, pendant les journées d'étapes et de fatigue,

que tout ce qui reste de la patrie absente, c'est ce
lambeau de soie aux trois couleurs françaises qui
clapote, là-bas, au centre du bataillon; il faut n'avoir
eu, dans la fumée du combat, d'autre point de rallie-
ment que ce morceau d'étoffe déchirée pour comprendre, pour sentir tout ce que renferme dans ses
plis cette chose sacrée qu'on appelle le drapeau. Le
drapeau, mes pauvres amis, mais, sachez-le bien,
c'est, contenu dans un seul mot, rendu palpable dans
un seul objet, tout ce qui fut, tout ce qui est la vie
de chacun de nous : le foyer où l'on naquit, le coin
de terre où l'on grandit, le premier sourire d'enfant,
le premier amour de jeune homme, la mère qui vous
berce, le père qui gronde, le premier ami, la première
larme, les espoirs, les rêves, les chimères, les souvenirs; c'est toutes ces joies à la fois, toutes enfermées
dans un mot, dans un nom, le plus beau de tous : la
patrie. Oui, je vous le dis, le drapeau, c'est tout cela;
c'est l'honneur du régiment, ses gloires et ses titres
flamboyant en lettres d'or sur ses couleurs fanées qui
portent des noms de victoires; c'est comme la conscience des braves gens qui marchent à la mort sous
ses plis; c'est le devoir dans ce qu'il a de plus sévère

et de plus fier, représenté par ce qu'il a de plus
grand : une idée flottant dans un étendard. Aussi
bien étonnez-vous qu'on l'aime, ce drapeau parfois
en haillons, et qu'on se fasse, pour lui, trouer la poitrine ou broyer le crâne. Il semble que tous les cœurs
du régiment tiennent à sa hampe par des fils invi-
sibles. Le perdre, c'est la honte éternelle. Autant
vaudrait souffleter un à un ces milliers d'hommes que
de leur arracher, d'un seul coup, leur drapeau. Non,
non, cent fois non, vous ne comprendrez jamais ce
que peut souffrir un homme qui sait que son drapeau
est demeuré, comme une partie intégrante du pays,
aux mains de l'ennemi. C'est une idée fixe qui dès
lors le torture et le déchire : « Le drapeau est là-bas!
ils l'ont pris; ils le gardent! » Nuit et jour il y songe,
il en rêve... Il en meurt parfois. Qu'est-ce qu'un drapeau? me direz-vous; un symbole... Et qu'importe
qu'il figure, ici ou là, dans une revue ou une apo-
théose? Symbole, soit; mais tant que l'espèce humaine
aura besoin de se rattacher à quelque croyance saine,
mâle et vraie, il lui en faudra encore, de ces sym-
boles dont la vue seule remue en nous, jusqu'au
profond de l'être, tous les généreux sentiments, tout

ce qui nous porte vers le dévouement, le sacrifice, l'abnégation et le devoir!

Quand il avait ainsi parlé, le capitaine Fougerel retombait bientôt dans un mutisme somnolent qui lui était habituel. C'était, d'ordinaire, un homme triste, accablé, pensif, courbé par l'âge, il est vrai; et, dans le petit café de Vernon où il venait chaque soir lire les journaux de Paris en prenant son gloria, on n'entendait que rarement sa voix, et dans les grandes occasions. Depuis de longues années, Fougerel avait adopté le *Café de la Ville,* au coin de la ruelle qui longe l'église. Il y venait après dîner, chaque soir, au même moment, s'asseyait toujours à la même table, y demeurait le même nombre d'heures et se retirait à la même minute pour regagner son logis, situé près de là, dans la vieille rue Saint-Jacques. La table où il s'asseyait n'avait jamais d'autre occupant que lui. Que si, avant l'arrivée de Fougerel, un voyageur de commerce, nouveau venu à Vernon, ou un passant s'asseyait dans le coin où l'ancien soldat se tenait d'habitude, le garçon de café s'approchait doucement et, tout bas, disait :

— Il est impossible que vous restiez à cette table, monsieur : c'est la *table des capitaines*.

La « table des capitaines » était célèbre dans le *Café de la Ville,* et, quoique Fougerel y vînt seul, elle avait gardé cette dénomination en souvenir d'un autre soldat, le compagnon de Fougerel, qui, lui aussi, au temps passé, s'asseyait chaque soir devant cette table de marbre. Vernon les avait vus, pendant longtemps, toujours au même endroit, dans ce café, roulant sous la paume de leurs mains les dominos qui rendaient, sur le marbre, leur bruit d'osselets, ou faisant flamber au-dessus de leur demi-tasse une couche légère d'eau-de-vie, et regardant, sans dire un mot, cette flamme qui s'éteignait bientôt, sans force, comme s'éteint un vieillard. Ils n'étaient ni grognons, quoique vieux, ni maussades ; mais ils ne se livraient et ne causaient point volontiers cependant. Leurs propos, où revenaient si souvent les souvenirs d'autrefois, les échos des journées de bataille, les visages d'amis maintenant disparus, leur suffisaient. Leur amitié leur tenait lieu de tout au monde, et, quoique peu fortunés et déjà atteints des maux de l'âge, ils se trouvaient heureux.

Fougerel et Malapeyre, comme s'appelaient les deux capitaines, étaient depuis longtemps de vieux amis. Ils s'étaient connus au même régiment de ligne, et, presque en même temps, ils avaient passé dans le même bataillon des grenadiers de la vieille garde impériale. Fougerel était Normand, engagé volontaire, parti tout jeune du pays, Pressagny, un petit village des environs de Vernon, — qui porte, on ne sait pourquoi, le surnom de l'*Orgueilleux,* — et, se battant bravement, n'épargnant, en campagne, ni son sang ni sa peine, il avait, à la pointe de la baïonnette et de l'épée, conquis les épaulettes de capitaine. Malapeyre avait fait de même, arrivant au même but par les mêmes chemins. Fils d'un pêcheur de Lormont près de Bordeaux, comme Fougerel était né d'une famille de fermiers normands, il avait voué sa vie à cette France que Napoléon Ier lançait alors — éperonnant jusqu'au sang ce cheval de bataille — dans toutes les aventures et dans toutes les guerres. Il avait trouvé, au bout de cette existence de labeur, une épée de capitaine, la croix d'honneur et une modeste pension de retraite, à peine de quoi vivre; mais, toujours comme Fougerel, Malapeyre se souciait peu de vivre ou de mourir. Côte à côte, ces braves gens avaient fait, en soldats résolus, les dernières campagnes de l'Empire. Ils s'étaient battus à Smolensk, à Leipzig, en Allemagne, en France, et, après le retour de l'île d'Elbe, ils avaient versé leur sang à Waterloo, dans la partie suprême de l'ambitieux aux abois. Chacun des deux capitaines avait fait là tout ce que peut faire un homme pour ne point survivre. Blessés tous deux, laissés pour morts, ils étaient tombés avec les derniers carrés, leurs habits bleus entourés d'un monceau d'habits rouges. Puis, au lendemain de leur convalescence, ils avaient trouvé un roi assis sur le trône impérial qu'ils avaient si longtemps soutenu de leurs vaillantes mains, le drapeau blanc flottant à la place du drapeau tricolore, des uniformes nouveaux, une cocarde nouvelle, des Suisses qui nommaient les soldats de Milhaud ou de Ney des « brigands de la Loire ». Un rêve écroulé.

Les deux amis se regardèrent alors en hochant la tête. A quarante ans, en pleine vigueur, ils se réveillaient comme d'un songe et se trouvaient licenciés, sans état, sans espoir, avec une maigre pension de retraite qui leur payait avec avarice le prix de leurs blessures. Que faire? Et quelle existence allaient mener dans cette France nouvelle ces deux soldats devenus suspects, bonapartistes pour les uns, jacobins pour les autres? Fougerel et Malapeyre se consolèrent en se disant que la royauté des Bourbons ne pouvait durer, et qu'il suffisait d'attendre. Alors ils cherchèrent, dans ce grand pays pour lequel ils avaient tant et si bien combattu, un coin où se réfugier, où se reposer et patienter. Voilà vingt ans qu'ils avaient quitté, l'un ses pommiers normands, l'autre ses vignes bordelaises, vingt ans qu'ils menaient, à travers le monde, la vie des chevaliers errants, toujours cheminant, jamais au repos, vainqueurs et vaincus, entrant, musique en tête, dans les capitales conquises, et disputant, le lendemain, au Cosaque ou au Prussien, la terre de France toute trempée de sang français. Vingt ans de courses et de combats. En vingt ans, les foyers se vident, et les vieux parents disparaissent. Ni l'un ni l'autre des deux amis ne retrouva trace du passé. A la place de la petite maison de Lormont où il était né, Malapeyre rencontra une auberge nouvellement construite, qui servait de relais à la diligence de Bordeaux.

Lorsqu'il demanda, à Pressagny, des nouvelles de ses parents, Fougerel vit des gens qui interrogeaient leur mémoire et qui disaient :

— Oui, j'en ai entendu parler!... Ils ont quitté le pays pour s'établir à Pacy, et ils y sont morts.

C'était tout ce qui restait aux deux amis : des noms sur une pierre, dans quelque cimetière de village. Aussi bien, se voyant inutiles et se sentant tout seuls dans le monde, ils résolurent de continuer coude à coude, comme des soldats dans le rang, le chemin de la vie. Ils ne se quittèrent plus. Fougerel décida Malapeyre à habiter le pays normand, et, choisissant leur logis dans cette calme et charmante petite ville de Vernon, ils y associèrent leurs deux médiocrités fort peu dorées, et parvinrent, habitués qu'ils étaient depuis longtemps aux privations, à en faire une sorte d'aisance. C'était le repos absolu après l'absolue agitation. Quelle vie différente que cette vie nouvelle ! Les années s'écoulaient en journées longues comme des veillées d'hiver, remplies par les mêmes occupations, les mêmes causeries et les mêmes promenades. La ville, avec ses rues pittoresques, où çà et là apparaît quelque vestige du passé, est de celles où

il fait bon de s'arrêter pour prendre quelque repos.
Tout y invite à une halte heureuse. La Seine coule
paisiblement sous le vieux pont de pierre. Des
fumées saines, odorantes, sortent des toits de Vernon
et de Vernonnet, le village qui fait face à la ville, sur
la rive opposée du fleuve. De gais visages reposés se
montrent aux fenêtres des maisons grises. Point
d'agitation, point de fièvre. A peine quelques soldats
du train, logés aux casernes, frappent-ils d'un talon
plus bruyant le pavé de la ville. Cette population de
rentiers, de vieux militaires retraités, d'amateurs de
jardins, vit doucement sous l'atmosphère normande.

— Je donnerais tous les cidres de l'Eure et de la
vallée d'Auge pour deux tonneaux de notre Médoc,
disait parfois Malapeyre à Fougerel ; mais j'avoue
qu'on vit à l'aise en Normandie et qu'on y vieillit
avec plaisir.

Les joies des deux officiers n'étaient pourtant pas
excessives, et toutes leurs distractions consistaient à
longer les boulevards, l'avenue de la Maisonnette,
jusqu'au bout de cette route bordée d'arbres qui
côtoie les charmilles du parc de Bizy, puis, conti-
nuant leur chemin, en s'arrêtant parfois pour tracer

sur le terrain quelque plan d'une bataille que les deux
amis discutaient, ils entraient dans la forêt et ne
s'arrêtaient que sous les arbres superbes des Valmeux. Ils revenaient ensuite, toujours devisant,
jusqu'à l'*Hôtel d'Évreux,* où ils prenaient pension,
et, saluant en entrant les convives, ils s'asseyaient à
la table d'hôte, et écoutaient plus qu'ils ne parlaient.
Repliant leur serviette, ils donnaient enfin un bonsoir
collectif, se rendaient au café et attendaient là, en
jouant aux dominos, que le premier coup de neuf
heures se fît entendre à l'église. Aussitôt ils rega-
gnaient leur logis, et, après avoir pris leur bougeoir
à terre, au bas de l'escalier, ils échangeaient une
poignée de main et montaient chacun dans sa chambre, puis s'endormaient, rêvant aux conquêtes passées
et aux victoires évanouies.

Au lendemain de Waterloo, ils comptaient, encore
une fois, que le gouvernement des Bourbons ne serait que provisoire, et ils espéraient bien, un jour ou
l'autre, tirer encore l'épée qui demeurait accrochée
à leur chevet. Un vieux fond d'humeur républicaine
leur laissait croire que Louis XVIII ne régnerait pas
longtemps. Cependant, les années passaient, dispa-

raissaient ; les deux capitaines se sentaient vieillir, et Charles X, après avoir succédé à Louis XVIII, continuait à régner.

— Allons, disait parfois Fougerel, c'est fini, vois-tu, mon vieux Malapeyre ; nous ne commanderons plus aucune compagnie ; il faut laisser la place aux plus ingambes ; les rhumatismes viennent !... Et puis on a pris l'habitude de flâner : l'air de la caserne nous semblerait bien lourd ! Adieu les beaux espoirs, mon pauvre ami. Nous mourrons capitaines, et rien que capitaines. Nous ne sommes plus bons à rien, le proverbe le dit : *Vieux soldat, vieille bête!*

Ils hésitèrent un moment, après 1830, à reprendre du service. Mais en réalité ils s'étaient faits à cette existence placide, à leur coin d'habitude, à la fillette souriante dont la tête brune apparaît entre deux pots de géranium, à la dame du café qu'on salue et qui vous respecte, à ces coups de chapeau des passants qui s'inclinent devant « les capitaines », à cet intime repos, à cet humble bonheur de tous les jours, à cette vie pénétrante, qui berce l'homme en quelque sorte et endort son souci. Ils n'osèrent point quitter cela. Ils avaient dépassé l'âge des aventures. Ne vivant

que dans le temps d'autrefois, leurs souvenirs leur
suffisaient. Après une première fièvre pleine de fer-
veur militaire, ils continuèrent donc au lendemain
de Juillet à mener leur vie paisible, et on les vit, toujours souriants, silencieux et sympathiques, s'asseoir
à table d'hôte, à l'*Hôtel d'Évreux,* et, dans le *Café
de la Ville,* à la « table des capitaines ».

Habitués à passer presque toutes leurs journées
en commun, décidés à achever ensemble leur existence, ces deux soldats, ces deux amis, différaient
cependant sur plus d'un point physique et moral.
Leur amitié si vive et si durable vint peut-être même
des contrastes de leur nature. Fougerel, grand, maigre, sec, le visage légèrement pâle et la barbe grise,
était plus sévère, sans tomber dans la méchante
humeur, que Malapeyre, son compagnon. Celui-ci,
la taille élevée, mais épaisse, gros, sanguin, souriait
et plaisantait plus volontiers. Mais, dans leurs habitudes, la différence des tempéraments n'était pas
très-grande. Fougerel avait une passion, le tabac,
fumant sans cesse, le matin à sa fenêtre, le jour en
se promenant, le soir en lisant. Malapeyre avait un
péché mignon, le vin muscat ou les vins de la Pénin-

sule. Il avait, sous sa grosse moustache, des froncements de lèvres satisfaits lorsqu'il venait de déguster un peu d'alicante ou de xérès. Fougerel lui repro-. chait souvent en riant d'être « sensuel ». Ce goût du capitaine pour le vin fin n'allait d'ailleurs que jusqu'au caprice, et point jusqu'au défaut ; mais Malapeyre eût, certes, mal dîné, s'il ne se fût, avant le repas, ouvert l'appétit avec du malaga, et si, au milieu du dîner, on ne lui avait pas versé son verre de madère.

— Souvenir des campagnes d'Espagne et de Portugal, disait-il en riant.

Fougerel n'osait blâmer Malapeyre de ces prodigalités, lui qui dépensait ses économies en tabacs exotiques et en pipes extravagantes qu'il suspendait par rang de taille, dans sa chambre, à un râtelier qu'il appelait « son Musée ».

On ne leur eût trouvé d'ailleurs, même en cherchant bien, aucun autre péché caché. Vieux déjà, après avoir risqué cent fois de se faire tuer, n'ayant jamais trouvé, dans leur jeunesse, six mois d'existence calme, de ces heures pendant lesquelles on se dit qu'après tout l'homme est fait pour aimer, être aimé, être père, vieillir en voyant grandir de petits êtres qui seront des hommes ; après avoir laissé un peu de leur cœur ou de leur fantaisie, comme un peu de leur sang, aux buissons du chemin, ils se retrouvaient, sans enfants, sans autres ressouvenirs d'amour que des amourettes de garnison, bien las, bien oubliés, bien seuls dans leur refuge, et cependant heureux, calmes, sans désirs, sans regrets, certains d'avoir accompli le devoir que tout homme doit remplir. Ils étaient, disaient-ils, de ceux qui ont la patrie pour famille et l'abnégation pour loi. Soldats, ils avaient agi en soldats, et, contents du sacrifice, ils humaient joyeusement le soleil, se répétant qu'ils avaient certes le droit de se reposer après une journée bien remplie. Et ils demeuraient volontiers dans leur ombre, silencieux, humbles, inconnus, épaves vénérables d'un grand naufrage.

D'ailleurs, un amour profond leur restait, une consolation suprême, de celles qui peuvent emplir toute une vie.

Tombés à Waterloo, ils avaient clos du moins leur carrière par un acte de dévouement superbe qui satisfaisait pleinement leur conscience de soldats et de citoyens et faisait passer un éclair d'orgueil dans leurs prunelles, lorsqu'ils y songeaient.

C'était un de leurs plus chers souvenirs. *Waterloo!* A d'autres, ce nom eût fait monter au front la rougeur de la honte. Eux, sous la colère grondante qu'excitait l'écho de la sombre journée, retrouvaient l'amère consolation de ceux qui font obscurément, mais stoïquement, leur devoir dans l'obscure nuit d'une tempête.

II

I I

Ce jour-là , le 18 juin 1815, alors que la fortune
colossale de l'homme qui avait tenu dans ses mains
la France s'écroulait et se brisait comme verre, dans
le sauve-qui-peut de la débâcle, ces deux hommes,
perdus parmi la foule de l'armée vaincue, avaient
jusqu'au dernier moment senti battre en eux-mêmes
le cœur de la patrie. Ils avaient assisté, le matin,
l'arme au bras, à cette première partie de la bataille
qui fut une victoire. L'armée anglaise, décimée, vit
plusieurs fois se dresser devant elle le spectre de la

déroute. L'obstination de Wellington, le *duc de fer,* la sauva. Elle permit aux soldats de Bülow et de Blücher d'arriver sur le champ de bataille et de trouver les derniers Anglais debout. Les grenadiers de la garde, suivant de loin les luttes gigantesques qui se livraient sur le plateau de Mont-Saint-Jean, écoutant le bruit de la fusillade qui venait d'Hougoumont, sur la gauche, et la canonnade qui, vers la droite, faisait croire à l'arrivée de Grouchy ; les grenadiers attendaient l'heure où on les lancerait à leur tour sur l'ennemi, pour achever la victoire, comme on venait de lancer sur Mont-Saint-Jean la moyenne garde ; les vieux soldats impatients se disaient que la journée durait bien longtemps et se demandaient comment Ney n'avait point déjà balayé les dragons de Ponsomby, les « enfants rouges » de Wellington et les highlanders d'Écosse. Tout à coup, vers la fin du jour, alors qu'on pouvait encore croire gagnée cette rude et farouche bataille, l'arrivée soudaine de Blücher, que Lobau ne pouvait plus contenir comme il avait arrêté Bülow, cette irruption inattendue de troupes fraîches sur le terrain de la lutte changea brusquement la fortune et mit le désordre dans les rangs français. De toute cette armée compacte et solide, il ne restait d'intacts que les grenadiers de la vieille garde. Les autres corps, cruellement éprouvés depuis le matin, se trouvaient maintenant mêlés et confondus. Fantassins, cavaliers, cuirassiers de Milhaud, voltigeurs, lanciers de Ney, canonniers, grenadiers, tout roule, éperdu, comme un flot humain, sous la dure pression des colonnes prussiennes débouchant par Planchenoit. La garde alors se forme en carrés; la vieille garde essaye d'opposer une résistance invincible aux soldats de Blücher et à ces Anglais de Wellington qui descendent maintenant, en poussant leurs hourras, du plateau où on les massacrait le matin. Impassibles, baïonnette croisée, cloués au sol, les grenadiers de la vieille garde attendent de pied ferme l'attaque suprême de l'ennemi; leurs carrés, citadelles humaines, broyés par la mitraille, tournoient sous le feu, s'écrasent sous les balles, se dispersent en laissant des monceaux de cadavres pour marquer la place où ils ont combattu. Cinq sont détruits, trois résistent encore! Les carrés que commandent les généraux Petit et Poret de Morvan, attaqués à leur tour, tiennent fièrement sous les boulets et les balles. Autour d'eux s'entassent les morts anglais et les cadavres prussiens. Et là, parmi ces héros, combattaient les capitaines Fougerel et Malapeyre, placés au centre, sabre en main, autour du porte-drapeau. Pâles de fureur, ils jetaient à l'ennemi des injures terribles, étouffées sous le fracas de la bataille. Une balle tout à coup vint frapper au front l'officier, un nommé Crosnier, qui tenait le drapeau tricolore. Un filet de sang coula du front troué de ce brave. Blessé à mort, il se tenait debout, encore cramponné à la hampe du drapeau. Puis, brusquement, ses doigts se détendirent, et il tomba de toute sa hauteur, la face dans la boue sanglante.

— Fougerel, s'écria Malapeyre, Fougerel, à toi le drapeau !

Fougerel saisit l'étendard échappé de la main du mourant et le brandit avec une colère superbe, l'agitant au-dessus des bonnets à poil et faisant claquer ses plis, dans cette atmosphère de fournaise, comme une bravade à l'ennemi. Une balle vint fracasser l'aigle d'or et l'emporta, et le capitaine sentit vibrer dans sa main le drapeau, qui semblait frissonner comme un être blessé !

En ce moment, les Prussiens, avançant lentement, mais sûrement, poussaient leurs masses sombres sur le carré, qui pliait. Déjà quelques soldats effarés se détachaient du groupe héroïque et se mêlaient à la cohue hurlante qui fuyait par la chaussée de Genappe.

Alors il sembla à Fougerel qu'il entendait un grand cri, à la fois suppliant et impératif, un cri poussé par Malapeyre, et qui lui ordonnait de sauver le drapeau. Ces deux hommes se regardèrent instinctivement dans la fumée sombre.

Ce ne fut qu'un éclair. Ils se comprirent.

La partie était perdue. « Ils sont trop! ils sont trop! » disait Malapeyre. Tout à l'heure les Prussiens allaient arracher aux soldats mourants le drapeau des grenadiers de la garde. Il fallait le leur dérober, le leur ravir; il fallait le détruire. Fougerel fit glisser à terre la hampe qu'il tenait dressée, et, la brisant sur un canon, tandis qu'il arrachait l'étoffe de soie :

— Enterre-le, dit-il à son ami.

Il y avait à leurs pieds, parmi les cadavres, un écouvillon cassé; Malapeyre s'en servit pour faire un trou assez profond dans la terre détrempée, boueuse, et, quand il eut fini, recouvrant le drapeau, les lambeaux de soie, d'une couche de terre rouge de sang, il trépigna sur cette sorte de tombe; puis, quand il releva la tête vers Fougerel, il entendit le capitaine qui lui disait avec un geste fier :

— Maintenant, vive la France! On peut mourir!

Et tous deux, sous la mitraille épouvantable, parmi les cris de triomphe insultants des vainqueurs, au milieu des plaintes sinistres ou des menaces des vaincus, ces hommes froids, souriants, heureux d'avoir sauvé le drapeau, jetaient comme une arme impuissante la hampe brisée à la face des Prussiens, qui fusillaient maintenant le carré à bout portant.

Bientôt il n'allait plus rester sur le champ de bataille de Waterloo que le dernier carré, que commandait Cambronne, et où Napoléon Ier voulut du moins, lui, s'enfermer pour mourir. Les derniers combattants de la grande armée allaient tomber, côte à côte, écrasés, mais invaincus. Fougerel et Malapeyre furent laissés pour morts. Tous deux blessés, l'ambulance les sépara longtemps; on les avait transportés dans des fermes et soignés là, tant bien que mal. Les paysans qui les avaient recueillis les avaient reçus à demi vêtus, les poches vidées par les maraudeurs, et il leur fallut, une fois guéris, regagner le pays à pied, étape par étape, plus semblables à des mendiants qu'à des soldats. Mais quoi ! ils se sentaient assez riches d'avoir enfoui, comme des avares, le seul trésor qu'ils estimassent plus que tout au monde, car il représentait l'honneur national, il portait les couleurs françaises et leur semblait comme une image palpable de la patrie.

Lorsqu'ils se rappelaient cette journée terrible, ou plutôt l'heure crépusculaire où, tout étant perdu, n'ayant plus autour d'eux que la mort, ils avaient résisté jusqu'à la fin, le sang aux yeux, l'injure à la bouche, la main crispée sur la garde d'une épée qu'ils eussent brisée et non rendue; lorsqu'ils évoquaient cette dernière scène du drame dont ils avaient été les acteurs, ces tas de morts aux formes bizarres, ce ciel incendié, cette plaine immense, ce fourmillement à la fois rouge des uniformes britanniques et noir des uniformes prussiens, cette ligne de feu enveloppant ce carré d'hommes décidés à périr, puis ce drapeau déchiré, cette hampe brisée, cet étendard disputé à l'ennemi et sauvé de son atteinte; lorsqu'ils se disaient : « Nous avons fait cela, » Fougerel et

Malapeyre relevaient le front, se regardaient avec des yeux contents et se tendaient la main, en se répétant : « Au moins, ils ne l'ont pas pris, le drapeau des grenadiers de la garde ! » Cette idée était la consolation, ce fait d'armes la consécration de leur vie. Retraités, inutiles, bons maintenant à faire des invalides, ils se disaient du moins qu'eux seuls, d'un même élan, d'un même accord, avaient vengé l'honneur du pays et celui du régiment. Aussi bien, lorsqu'ils causaient de ce passé, les deux capitaines souriaient, Fougerel se frottait les mains, et Malapeyre lui disait : « Allons, un verre de madère à la santé du drapeau ! Tu ne peux pas lui refuser ça ! » — Ainsi vivaient humblement, doucement, apaisés et contents, ces hommes qui avaient ouvert leurs veines pour faire de la pourpre à un despote, et qui eussent voulu donner leur vie pour éviter une défaite à la France.

III

III

Un soir qu'ils étaient assis à leur table accoutu-
mée, Fougerel, fumant sa pipe d'écume et écoutant
le bruit des billes d'ivoire roulant sur le billard,
Malapeyre, qui lisait le journal venu de Paris, fit
tout à coup un mouvement sur sa chaise, poussa un
cri étouffé, et laissa tomber sur la table de marbre le
journal qu'il tenait à la main. Au geste de son ami,
Fougerel avait regardé Malapeyre d'un air à la fois
étonné et inquiet. Malapeyre était livide; sa lèvre
inférieure remuait nerveusement sous sa moustache.
Il avait l'air d'un homme qui étouffe.

— Eh bien ! quoi ? dit Fougerel ; qu'as-tu donc ?

— Ce que j'ai ? fit Malapeyre.

Il voulut parler : la voix s'arrêta dans sa gorge ; il prit le journal avec colère, et, désignant d'un doigt tremblant quelques lignes à Fougerel, il ne prononça que ce seul mot :

— Lis !

Fougerel hocha la tête, se disant que c'était sans doute encore un compagnon du vieux temps qui venait de mourir, — et la seule préoccupation du soldat était de savoir le nom de celui qui partait, — lorsque, en regardant le passage des *faits divers* que lui signalait Malapeyre, il sentit lui courir sur la peau un frisson étrange et plein de colère. Un flot de sang lui monta brusquement aux oreilles et aux yeux. On lui eût donné un coup de crosse sur la nuque, il n'eût pas été plus étourdi.

— Est-ce possible ! dit-il d'un air effaré. Comment ! comment !... Ils l'ont eu ?

— Lis, répéta Malapeyre d'un ton sombre.

Fougerel relut, scanda un à un les mots imprimés. C'était un extrait de la *Gazette de Berlin,* qui contenait ce qui suit : « On vient de réparer, à la *Garnisons-*

Kirche, à Potsdam, le tombeau du grand Frédéric. Au-dessus du mausolée, on a disposé circulairement les drapeaux français pris à Waterloo, et parmi lesquels se trouvent l'aigle des dragons de l'impératrice, celle des voltigeurs et l'aigle du 1er régiment des grenadiers de la garde. »

— Le drapeau ! dit Fougerel en s'interrompant, ils ont le drapeau !

— Continue, répondit Malapeyre, qui regardait son ami avec des yeux fixes.

— « Ce dernier étendard (le nôtre, dit Fougerel avec colère) avait été ramassé sur le champ de bataille le 18 juin 1815. Ses défenseurs l'avaient déchiré, puis littéralement enterré, et c'est le lendemain seulement qu'on en a retrouvé les lambeaux en creusant, pour enfouir les morts, les environs de la chaussée de Genappe. La princesse de Holenlohe a recousu, de ses propres mains, ce glorieux trophée, qui orne maintenant le mausolée de Frédéric II. »

— Le drapeau, notre drapeau, répéta encore Fougerel, dont la colère augmentait, ils l'ont trouvé, ils l'ont gardé ! Ah ! tonnerre ! il valait bien la peine de le disputer ainsi à ces sauvages ! Ils l'ont pris !

Comment disent-ils ? « *Il orne* le mausolée de leur Frédéric ! » Mille dieux, mon pauvre Malapeyre, voilà une mauvaise journée !

— Très-mauvaise, répondit Malapeyre en se tordant la moustache.

Puis tous les deux, rêvant, absorbés, se turent et se mirent à songer. Quel écroulement ! quel réveil ! Cette idée qu'ils avaient, dans l'immense chute de la patrie, sauvé l'honneur du corps, enlevé à l'ennemi le droit d'afficher la défaite du 1ᵉʳ grenadiers, c'était leur consolation depuis vingt ans, leur joie intime, rendue chaque fois plus profonde par l'éloignement, par cette brume des temps qui est comme l'auréole des souvenirs. Ce suprême défi à la destinée et cette dernière lutte de deux hommes de cœur avec la fortune, lorsqu'ils y songeaient, les rendaient fiers. Dans la gloire du passé, ils ne voulaient pour eux que cette gloriole, mais ils la voulaient. Ils se sentaient persuadés que leur devoir n'avait pas été stérile, satisfaits d'avoir combattu jusqu'au bout et, dans le désastre de l'armée et de la nation, sauvé ce débris : un drapeau. Aussi bien les lignes traduites de la *Gazette de Berlin* leur faisaient l'effet d'un coup de

foudre. Elles anéantissaient, en une seconde, l'écha·
faudage tout entier de leur bonheur calme et satisfait.
Il semblait à ces soldats rigides qu'on venait brusquement de les mettre à l'ordre du jour, comme
coupables de lâcheté. Cette mention du drapeau
captif leur paraissait la plus cruelle des injures per-
sonnelles. C'était même plus qu'une injure, c'était le
reproche sanglant de la patrie humiliée à ceux qui la
devaient défendre. — « Ils ont le drapeau ! » Cette
seule pensée tint muets tout le soir les deux capitaines, et il fallut, pour qu'ils sortissent de leur torpeur assombrie, que le garçon de café vînt leur dire :
— Il est dix heures, capitaines !
Jamais on n'avait vu les capitaines demeurer si
tard à leur table habituelle.
Ils rentrèrent au logis, soucieux et sans mot dire.
Seulement, avant de se séparer, ils se serrèrent la
main dans une étreinte nerveuse, éloquente et pro-
longée comme un adieu. Puis ils se mirent au lit,
mais sans dormir ; tous deux revoyaient, en fermant
les yeux, les lignes maudites de cet article qui tombait dans leur calme existence comme un boulet sur
un toit paisible.

Le lendemain, au réveil, les deux amis se saluè-
rent d'un bonjour triste, Malapeyre soupirait ; Fougerel, tout en se rendant à l'*Hôtel d'Évreux,* frappait
le pavé du bout de sa canne, comme s'il eût menacé
un adversaire absent. Il faisait beau. Dans leur promenade aux Valmeux, pas un mot du drapeau ne
fut dit entre eux. Ils ressemblaient à des parents qui
évitent de parler de l'enfant qu'ils ont perdu. Le soir,
avant le dîner, lorsque le garçon de café apporta à
Malapeyre le verre de malaga qu'il buvait d'habitude, le capitaine dit d'un ton brusque :

— Merci, je n'en prendrai pas.

Et comme le garçon le regardait d'un air surpris :

— Je n'en prendrai plus, fit Malapeyre doucement.

Fougerel laissa partir le garçon, aussi étonné
que si le clocher de l'église fût tombé tout à coup;
puis, regardant Malapeyre en face :

— Tu prétendais, dit-il, que tu ne pouvais dîner
sans ce que tu appelais un apéritif ?

— Oui, autrefois, répondit Malapeyre.

— Autrefois, c'était hier.

— Entre hier et aujourd'hui, il y a longtemps.

— C'est vrai, dit Fougerel.

A table, Malapeyre refusa encore le vin qui faisait le « coup du milieu ». Toute la table fut ébahie. On se demandait si le capitaine n'était pas malade. Il était pâle, à la vérité, et assez morne, comme Fougerel. En quittant l'hôtel pour se rendre au café, Fougerel fredonnait, mais sans y penser, un air de marche.

— Tu chantes ça sur un air de *De profundis,* fit Malapeyre.

— C'est que c'en est-un aussi, répondit le capitaine. Il y a en moi quelque chose de mort et qui vivait hier : une confiance, un espoir, une joie... Tu sais quoi ?

— Je le sais, dit Malapeyre.

Le garçon du *Café de la Ville* demeura stupéfait, ce soir-là, lorsque les capitaines, apercevant les deux glorias qu'il apportait sur un plateau de tôle, Fougerel dit, en éloignant les grosses tasses à filets bleus et à contre-filets dédorés : « Je n'en prends pas, » et que Malapeyre ajouta : « Ni moi. Remportez cela. »

— Faut-il laisser le carafon, au moins? demanda le garçon, en prenant par le col le flacon d'eau-de-vie.

— Non, rien.

Il y avait évidemment quelque chose de brisé dans la vie des deux capitaines. Ce fut l'occasion de plus d'un propos, et les habitués du café prétendirent, mais sans preuves, qu'après avoir engagé leur demi-solde, ils l'avaient perdue dans de mauvais placements. Pauvres gens! D'ailleurs, il faut le reconnaître, ces économies nouvelles apportées dans leur manière de vivre ne nuisirent en rien à la considération des vieux officiers. On n'en parlait à Vernon que pour tuer le temps, comme on dit. Eux, à partir de ce moment, passèrent à peu près, au *Café de la Ville,* du rôle de consommateurs à celui de spectateurs, suivant les parties de billard, de dominos ou d'échecs, et jugeant les coups.

Leur opinion faisait loi. Ils se plaisaient à retrouver, dans ces luttes des échecs, les émotions affaiblies et comme les fantômes des batailles d'autrefois. Des années s'écoulèrent ainsi. La sobriété des capitaines était devenue excessive. Fougerel ne fumait plus; rarement et dans les grands jours, il décrochait du râtelier une pipe et la bourrait, aspirant lentement à sa fenêtre le parfum qui lui plaisait, puis il suspendait de nouveau la pipe à sa place, comme une arme hors d'usage. Quant à Malapeyre, sa tempérance était absolue. Il se fût contenté volontiers de devenir et de rester un buveur d'eau.

Ce système soudain d'économie avait une cause, et chacun de ces deux hommes devinait instinctivement le motif qui dictait la conduite de son compagnon, mais aucun d'eux n'y faisait allusion, même en passant. Ils avaient pris, en vivant dans une intimité si profonde, l'habitude des mêmes soucis, des mêmes pensées. Ils se comprenaient parfois, sans dire un mot, d'un geste ou d'un regard. La vie en commun et l'affection vraie ont très-souvent de ces résultats. La pensée se dédouble, ou plutôt les deux pensées n'en font plus qu'une ; la même âme habite deux corps.

Fougerel et Malapeyre ne soufflaient mot de leurs projets, mais chacun d'eux les connaissait intimement et complètement, tout en sachant gré à son ami de ne point chercher à en deviner le secret.

C'était comme une idée fixe, que ces deux hommes caressaient à l'envi l'un de l'autre, une de ces idées qui absorbent tout dans une existence et servent par-

fois à l'homme de prétexte pour vivre, une idée absolue, comme toutes celles des chercheurs de mondes,
une idée sublime et folle. Chacun d'eux avait résolu,
à part soi, d'aller, sans plus hésiter, quand il le
pourrait, à Potsdam, et, là, de déchirer, de reprendre,
de brûler, de voler, d'anéantir — Dieu sait comment !
— le drapeau du 1er régiment des grenadiers de la
garde, offert en pâture aux regards des curieux.

Cette idée, peut-être impraticable et à coup sûr
étrange, insensée, avait germé dans le cerveau de ces
deux soldats, à la même heure, depuis le jour où ils
avaient appris que ce drapeau, qu'ils croyaient sauvé
par leurs mains, servait de trophée à l'ennemi. Nulle
puissance au monde n'eût certes pu les détourner de
cette entreprise, ou leur en démontrer l'impossibilité.
Il leur semblait que cette aventure était le devoir.
Leur conscience leur dictait cette consigne étroite,
définitive. « A quoi serait bon un soldat, pensaient
les deux capitaines, s'il laissait ainsi son drapeau à
l'étranger ? »

D'ailleurs, même au point de vue purement
égoïste, l'entreprise devait être tentée. Depuis qu'ils

savaient que leur dévouement dernier, leur sacrifice, leur suprême colère avaient été inutiles, ils étaient en effet devenus sombres, à demi accablés, à demi irrités, dormant mal, n'aimant plus les promenades d'autrefois, la causerie tranquille, la vie apaisée de la petite ville, inquiets, au contraire, et mécontents comme tous les Icares dont la réalité a durement brisé les ailes. Retombés à terre du haut de leurs illusions, ils aspiraient invinciblement à remonter jusqu'à leur rêve. Il le fallait pour leur repos, pour leur santé, autant que pour leur devoir.

Une seule question les retenait en Normandie, la dure question d'argent : cela coûtait cher, à cette époque, un voyage en Prusse, et les anciens soldats n'étaient pas riches. Aussi c'était pourquoi, tous deux, sans souffler mot, avaient doucement rogné sur leurs plaisirs, sur leurs chères habitudes, les petites économies qui devaient leur permettre, avec le temps, de payer le voyage en diligence, de Vernon à Paris, de Paris à la frontière, et de la frontière à Potsdam. Des années se passèrent ainsi, dans la poursuite de la même touchante et héroïque chimère. Sou sur sou, comme tous les pauvres, les capitaines mirent de côté le prix du voyage, et lorsque la somme fut complète, lorsqu'ils demandèrent au receveur de leur changer leurs nombreuses petites pièces de monnaie blanche pour quelques pièces d'or, lorsque, en comptant ses saintes et modestes épargnes, chacun d'eux fut certain qu'il pouvait maintenant tenter l'aventure, ce fut une journée de joie entre ces deux vieux amis, et l'un à l'autre ils se révélèrent un secret déjà lointain dont chacun savait d'avance le dernier mot.

— Je t'avais deviné, mon brave Malapeyre, dit Fougerel, mais je voulais te laisser le bonheur de te croire seul à nourrir ton projet.

— Je t'avais deviné aussi, fit Malapeyre; mais tu avais l'air si heureux lorsque je demandais pourquoi tu ne fumais plus et que tu me répondais : « Parce que... »

— Hypocrite, qui disait qu'il n'aimait plus le vin de Madère !

— Certes non, je ne l'aime plus. Je n'aime plus que ce drapeau qu'il faut reprendre. Je ne vis qu'en songeant à cela. On ne meurt point parce qu'on devient sobre. Si j'avais eu la folie de dépenser dix sous à une rasade, il me semble que le vin m'eût emporté le gosier. C'était de l'argent que j'eusse volé à mon tiroir secret.

— Tu avais un tiroir! dit Fougerel en riant; moi, une tirelire!

— Et combien au fond?

— Neuf cents francs!

— Moi, treize cents!

— Crésus, s'écria Fougerel, tu as donc des économies cachées dans des silos?

— Non, répondit Malapeyre, mais j'ai vendu le petit coupon de rente qui dormait au fond du porte-feuille. Je te demande ce qu'on pouvait faire de mieux de ce chiffon de papier? Cela m'a donné cinq cents francs tout de suite!

— Allons, dit Fougerel, tu es un homme, vois-tu, vieux! Embrasse-moi!

— C'est bon tout de même de se comprendre, ajouta Malapeyre un moment après. N'est-ce pas que tu ne pourrais pas vivre en *le* sachant là-bas, *lui?*

— Nous le rapporterons ici, Malapeyre.

— Quand partons-nous?

— Demain, si tu veux!

— Va pour demain. J'ai mon passe-port tout prêt.

— Vois-tu, dit encore Fougerel, le voyage est long, la tâche est difficile; d'autres la trouveraient peut-être ridicule; mais, il n'y a pas à dire, si nous ne faisions pas cela, autant vaudrait avoir capitulé tout de suite au temps jadis, et mourir bêtement ici, gras comme des chanoines et sans souci de ce qui fait les hommes. Tu as raison, partons vite. Il n'est jamais trop tôt pour se mettre en route, quand on a à atteindre un pareil but!

Avant de partir, ils mirent en ordre leur logis, repliant au fond des armoires leurs vieux uniformes à demi rongés, et faisant un paquet de leurs épaulettes. Fougerel avait gardé au fond d'un coffre ses épaulettes de sergent, où les fils d'argent se mêlaient aux fils rouges, ses épaulettes de lieutenant et ses épaulettes de capitaine. Il les contemplait avec une émotion profonde, rattachant tant de souvenirs à chacune de ces choses muettes, qui lui rappelait un devoir accompli, un péril bravé, une joie mâle, une victoire. C'était toute sa vie marquée par quatre étapes. Il les plaça, avec la croix d'honneur de Mala-peyre, dans une boîte fermée à clé, et remettant la garde de tout cela à la vieille dame qui leur louait leur logis :

— Si nous ne revenons pas, dit-il, vous vendrez tout, et vous donnerez l'argent aux pauvres !

— Vous allez donc en guerre ? demanda la vieille dame.

-- A peu près, répondit Fougerel.

IV

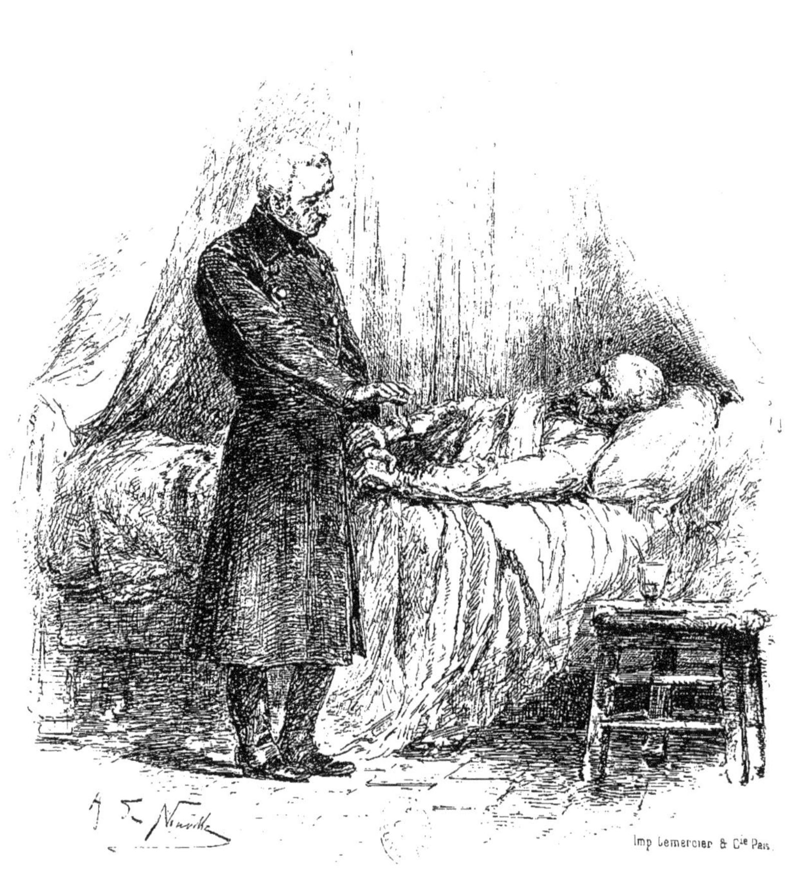

I V

Ils avaient bien le cœur serré, en quittant Vernon,
où, depuis plus de vingt ans, ils avaient pris l'habitude de vivre, mais les deux officiers retrouvaient
en ce moment quelque chose de l'ardeur qui les en-
flammait autrefois, au début d'une campagne. Il
leur semblait qu'un invincible clairon sonnait la
charge. Lorsque la diligence partit, les pavés faisant
sauter les vitres qui rendaient, à chaque cahot, des
bruits de fusillade, l'impression du combat leur revenait soudain, et ils se grisaient comme de l'odeur
de la poudre.

C'est un dur voyage qu'ils entreprenaient, fatigant et pénible. Mais l'idée fixe, maîtresse souveraine de leur pensée, qui les entraînait, leur faisait paraître la route plus courte. On eût dit qu'à l'horizon, comme un signe entraînant, irrésistible, se dressait le drapeau arboré jadis sous le sifflement des balles. Une sorte de mot d'ordre leur revenait sans cesse à l'oreille. Chaque tour de roue les rapprochait du but fiévreusement désiré. Ils croyaient parfois faire un rêve. Il leur semblait, tant et depuis si longtemps ils avaient appelé de leurs vœux ce voyage, il leur semblait que cela n'était point vrai, qu'ils n'étaient pas en chemin, qu'ils n'allaient pas trouver Berlin et Potsdam au bout de la route.

— Sais-tu ce qui me fait peur ? dit une nuit Malapeyre à Fougerel. C'est que je crains de ne jamais arriver là-bas.

— Pourquoi? demanda Fougerel.

— Je ne sais pas, répondit le capitaine en regardant les croupes blanches des chevaux sur lesquelles sautaient les brides et les harnais éclairés par la rouge lumière des lanternes de la diligence.

Ils avançaient pourtant ; ils allaient bientôt se

trouver en Belgique. Ils avaient déjà dépassé Rocroi.
Ils éprouvaient maintenant une émotion vraie, profonde, en se disant qu'ils allaient une fois encore
quitter cette terre de France d'où ils partaient jadis,
à pied, tambour battant, pour aller tirer et recevoir
des coups de fusil à travers le monde. Ils arrivèrent à Givet. Ce n'était pas sans raison que, lassé par
le voyage, Malapeyre était vaguement attristé. Depuis
Rocroi, il s'était senti pris d'un malaise sourd qui
devint profond, de douleurs de tête et de crampes.
Il n'y avait, dès le début, fait aucune attention.

— Ce n'est rien, disait-il ; c'est une courbature.

Fougerel pourtant le trouvait pâle, l'air accablé,
avec une fièvre bizarre dans les yeux.

— Souffres-tu donc beaucoup, Malapeyre? de-
mandait-il d'un air inquiet.

— Pas du tout, répondait le capitaine, qui mettait son orgueil à ne pas souffrir.

Malapeyre était atteint cependant, et il perdait
l'appétit ; sa tête était alourdie, son crâne serré par
une migraine persistante, mais il essayait de secouer
tout cela lorsqu'il songeait qu'au bout du chemin
était Potsdam, et, à Potsdam, le drapeau. A Givet

pourtant, au moment de passer la frontière belge, Malapeyre avait failli céder à la lassitude, au malaise qui l'accablait. Assis sur une borne, tandis qu'on attelait les chevaux à la diligence, il regardait au loin, vers la Meuse, cette terre verte qui se découpait sur l'horizon, et qui était la terre de Belgique.

— Derrière, se disait-il, est l'Allemagne, là-bas !

Le soir venait. Sur la place, au loin, les soldats français battaient la retraite avec un redoublement d'énergie, pour que le bruit de leurs baguettes vînt frapper, sur l'autre rive, les oreilles étrangères. Il faisait bon et beau. Dans l'air, du côté de la haute forteresse au ton gris, des nuées de moucherons tourbillonnaient dans le crépuscule d'un soir d'août. Et Malapeyre se disait avec une tristesse pénétrante qu'il ne pouvait, malgré lui, surmonter :

— Encore quelques pas, et ce ne sera plus la France ! Reverrai-je jamais le pays ?

Fougerel tout à coup lui frappa sur l'épaule. La diligence était attelée. Le conducteur appelait les voyageurs. On partait. En s'appuyant sur le marche-pied, Malapeyre eut une sorte d'étourdissement. Il se sentit faiblir. Mais, apercevant dans la diligence un uniforme d'officier belge, il se raidit, par une sorte d'amour-propre militaire, et pour n'avoir pas l'air de faiblir devant un étranger.

Il avait beau faire cependant, le mal était le plus fort. A Aix-la-Chapelle, Fougerel voulait que son ami prit quelque repos. Malapeyre s'y refusa ; mais, à Cologne, malgré l'énergie, la ferme volonté de Malapeyre, qui persistait à continuer la route, il fallut s'arrêter. Le malaise s'aggravait et devenait maladie. Fougerel était désespéré : il était certain que Malapeyre dissimulait une partie de ses souffrances et se trouvait plus durement frappé qu'il ne voulait le laisser paraître. Une sorte de pressentiment douloureux s'emparait de lui. Aux premiers pas faits dans Cologne, il éprouva une façon d'accablement moral, comme s'il devinait que dans ce voyage suprême son ami n'irait pas plus loin.

— Puisque tu le veux, dit Malapeyre, demeurons ici. Tu as peut-être raison. Deux jours de repos et deux bonnes nuits suffiront à effacer toute trace de cette bête de fatigue ! Mauviette, va ! Ah ! l'on n'a plus vingt ans !

Ils cherchèrent à travers les rues un hôtel ; Malapeyre s'appuyait sur le bras de Fougerel, et, en marchant, il frissonnait, secoué par la fièvre. Des guides se présentèrent, qui conduisirent les deux soldats dans un hôtel de second ordre, portant sur son enseigne en fer-blanc ces mots : *Kœlnischer Gasthof.* Il était situé dans une de ces petites rues, tristes le jour, bruyantes le soir, qui avoisinent le Rhin. Fougerel demanda une chambre à deux lits. L'hôtelier et les servantes de l'hôtel le regardèrent d'un air placide. Personne ne le comprenait. Cependant, on le fit monter au premier étage, on ouvrit devant lui la porte d'une chambre où se dessinaient, derrière des rideaux de percale jaune, deux lits de merisier. Il fit signe que le logis lui convenait. La nuit était tombée ; Fougerel mangea un peu de venaison, but un verre d'Affenthaler, et Malapeyre se coucha sans rien prendre.

— Demain, disait-il, après un bon sommeil, je serai mieux !

Il voulut se lever le lendemain, vers dix heures. A peine debout, la tête lui tourna ; il dit tout haut :

— Qu'est-ce que j'ai donc ?

Et Fougerel accourut pour le soutenir au moment où il allait tomber. Une fois remis sur l'oreiller, Malapeyre se sentit mieux. Un sourire triste releva sa moustache, et il dit à Fougerel :

— Voilà un voyage niaisement interrompu. Pardonne-moi, au moins, mon vieil ami !

Fougerel haussa les épaules en souriant et affecta de rassurer son compagnon par de confiantes paroles; mais, dans son for intérieur, il se sentait véritablement navré. Jamais il n'avait vu Malapeyre se courber ainsi sous la maladie. Robuste, courageux, bravant le mal, le vieux soldat mettait une sorte de coquetterie à demeurer toujours en santé. Il se moquait, ayant bravé les biscaïens, des fièvres, qu'il appelait des *bobos*. Pour terrasser un être trempé comme le capitaine, il fallait une affection grave, un mal puissant. Le pauvre Fougerel avait, d'ailleurs, les superstitions des soldats. Ces hommes, habitués à la mort, ont leurs faiblesses aussi : le héros tient de l'enfant. Ils sont anxieux ou rassurés selon que le premier obus ou le premier boulet leur siffle à l'oreille droite ou à l'oreille gauche. Fougerel se reprochait maintenant d'avoir dit à son hôtesse de Vernon :

« Si nous ne revenons pas ! » Il lui semblait que cette parole suffisait pour qu'un des deux, en effet, ne revînt plus.

Sa première préoccupation, en voyant Malapeyre décidément alité, fut de trouver un médecin. Il eût refusé pour lui tous les soins, prétendant que la médecine est la pire des maladies ; mais, pour son ami, il devenait croyant. Ce fut d'abord toute une affaire pour découvrir ce docteur. Personne, dans l'hôtel, n'entendait un mot de français ; Fougerel se heurtait à des Allemands qui le regardaient en ouvrant de larges bouches et de grands yeux. Alors, il s'emportait, et peut-être les autres mettaient-ils une véritable malice à ne le point comprendre. Le vieux soldat se sentait perdu dans cette ville, où il n'avait ni un ami ni un compagnon — personne — pour secourir avec lui le malheureux. Il lui prenait des colères sans raison ; il avait envie de repartir, d'emporter Malapeyre, de regagner Givet, de rentrer en France. Jamais la patrie ne lui avait semblé si chère, si attirante, si profondément bénie. La terre allemande lui brûlait les pieds.

Il parvint cependant à découvrir un médecin.

C'était un vieux petit docteur fort savant, assez égoïste, n'aimant ni ne détestant les Français, dont il connaissait la langue, et tout entier à ses expériences. Il alla visiter Malapeyre, qui, en le voyant, bondit sur son lit et dit :

— Qui vient là ?... Je ne suis pas malade !

— Voyons, fit tout bas Fougerel, laisse-toi faire ; plus tôt tu seras guéri, plus tôt nous arriverons à Potsdam... au drapeau.

Ce mot : le drapeau, faisait sur Malapeyre des miracles. Il lui avait donné l'énergie de continuer, quoique malade, sa route de Givet à Namur, puis à Aix-la-Chapelle et à Cologne ; il lui donna la patience de tendre le pouls au docteur, de se laisser examiner et ausculter. Le médecin ne disait mot. Pas un muscle de son visage ne remuait. Après avoir considéré le malade, il lui dit *merci,* prit à part Fougerel et lui annonça que le cas était excessivement grave.

— C'est un accès de fièvre bizarre ; le cerveau est congestionné. Il faudrait beaucoup de soins.

— J'en aurai, dit Fougerel.

Il ne quitta plus dès lors le chevet de Malapeyre. Il demeurait dans la chambre, lisait ou, à la fenêtre,

regardait passer avec colère des détachements de soldats prussiens, cuirassiers lourds, fantassins automa-
tiques, dont Fougerel n'entendait jamais le pas sur
le pavé sans éprouver une colère sourde. Et comme
Malapeyre lui demandait alors quelquefois :

— Qu'est-ce que cela? quel est ce bruit?

— Ça? répondait-il, ne fais pas attention... Des
maçons qui passent !

Rien n'était plus touchant, d'ailleurs, ni plus triste
que ces deux hommes, perdus dans une ville allemande, l'un mourant, incapable de bouger, l'autre
incapable de se faire comprendre, et jetés ainsi,
tombés dans une auberge où nul ne les savait
au monde, où personne ne s'inquiétait de leur sort.

Que de fois Fougerel, qui, songeur, repassait au
chevet de son ami tous les souvenirs de sa vie; que
de fois Malapeyre aussi, dans les rêves bizarres de sa
fièvre, puis dans ses apaisements lucides, se disaient
avec douleur que rien ne vaut le coin de terre où l'on
est connu, aimé, où le chien familier court après vos
pas, où les fleurs mêmes semblent vous reconnaître,
le coin de terre qui est plus encore que *la patrie,* qui
est le foyer dans la patrie!... Comme ils se sentaient

seuls, isolés, dans cette ville où tout leur était étranger, les mœurs, les voix, les visages, où la langue de leur enfance était une langue inconnue! et de quelle mélancolie amère ils étaient intimement pénétrés, lorsque le soir venait et que parfois l'écho funèbre des tambours prussiens, battant la retraite, leur parvenait, au lieu du gai clairon et du leste tambour français!

L'état de Malapeyre s'aggravait de jour en jour; la fièvre n'était plus seulement menaçante, mais dévorante. Le pauvre homme avait désespérément maigri. Ses yeux brillaient d'un éclat de mauvais augure dans son visage si ouvert auparavant, maintenant creusé, méconnaissable. Malade, il avait toujours soif et trempait ses lèvres avec une avidité bestiale dans la tasse d'orangeade que lui tendait Fougerel. Très souvent il parlait avec une volubilité inquiétante, disant des mots bizarres, racontant des batailles que Fougerel ne connaissait pas. C'était le délire. Puis à ces fébriles accès succédaient des torpeurs profondes, des atonies comateuses, des sommeils qui faisaient peur. Combien de fois, regardant cette figure mâle, si franche et si française, ce profil amaigri de soldat assoupi par la fièvre, ce crâne chauve où l'on eût retrouvé la trace d'un coup de sabre, cette tête endormie qu'éclairait faiblement une lampe, Fougerel, en suivant sur la joue du malade la trace cruelle de la fièvre, sentit lentement une larme couler sur sa joue jusqu'à sa moustache, tandis qu'un soupir, gros comme un sanglot, soulevait sa poitrine !

— Pauvre vieux, murmurait alors Fougerel, étais-tu donc né pour mourir ici ?

Parfois encore, le soir, tandis que Fougerel demeurait ainsi, aux côtés du malade, on entendait passer, dans la rue, quelque bande bruyante d'étudiants qui chantaient à pleine voix des chants de guerre. Il semblait à Fougerel que ces chansons bachiques, jetées au vent après un repas arrosé de bière, l'insultaient.

Il croyait souvent entendre, parmi ces mots allemands, ce nom belge : Waterloo. Le capitaine alors serrait les poings ou fredonnait en lui-même quelque refrain du pays, pour ne pas entendre, pour étouffer à son oreille les échos de la rue allemande.

Une nuit, Fougerel veillait. Malapeyre s'était en-

dormi, après une journée de crise. Fougerel avait
pris son repas à ses côtés, allumé la lampe, ouvert
un livre français acheté la veille, et là, durant trois
heures, Malapeyre n'avait point bougé. Il était une
heure du matin environ. Fougerel, à la fenêtre, regardait à travers les vitres les silhouettes curieuses des
vieilles maisons qui se dressaient devant lui, se
découpant avec leurs toits élevés sur un ciel d'un
bleu pâle, criblé d'étoiles, lorsque, en entendant un
bruit vers le lit du malade, il se retourna. Malapeyre
s'était mis sur son séant, et, le bras gauche appuyé
sur l'oreiller, soutenant le poids de son corps, il éten-
dait devant lui son bras droit, qui sortait, maigre et
nu, de sa manche de chemise. Les yeux du capitaine
étaient hagards et comme effrayés. Il ne disait rien,
mais il désignait quelque objet, quelque vision,
contre la muraille.

— Fougerel... Pierre, Pierre!... disait-il. Ote
cela!... ôte cela! Je t'en prie! Je ne veux pas, je ne
veux pas voir cela!

Fougerel s'était approché. Il prit Malapeyre par
les épaules, forçant le malade à le regarder dans les
prunelles, et, doucement :

— Voyons, dit-il, qu'as-tu? que veux-tu?

— Que tu enlèves cela!... C'est ce qui me tue, dit Malapeyre en montrant du doigt deux gravures encadrées de bois jaune et suspendues à la muraille.

Ces gravures, Fougerel les avait aperçues déjà, mais sans les examiner de près, sans se rendre compte du sujet qu'elles représentaient. C'étaient deux reproductions de tableaux célèbres en Allemagne, l'une montrant la fin de la bataille de Leipzig, l'autre la poursuite de l'armée française vaincue, après Waterloo, par la cavalerie prussienne. Des deux côtés, même spectacle : des grenadiers prussiens, avec leurs schakos bas surmontés de pompons énormes, éventraient ici des fantassins français, tandis que là des hussards de la mort sabraient furieusement des grenadiers de la garde et leur enlevaient leurs aigles.

— Ote cela! répétait Malapeyre; ôte cela! Ce n'est pas vrai, ils n'ont pas pris le drapeau, ils ne l'ont pas pris! Tu l'as enterré, tu sais bien!... Enterré... Je te dis qu'ils ne l'ont pas pris!... Ote ces images, ôteles; elles mentent, Fougerel, tu sais bien qu'elles mentent!

L'état de Malapeyre était une sorte de délire terrible ; un moment, il se leva, droit sur son lit, montrant ses jambes amaigries aux nerfs tendus comme
des cordes, et il voulut lui-même arracher ces tableaux
insultants de la muraille. Il retomba, brisé, au milieu
de son accès de rage, et demeura étendu de toute
sa longueur sur son lit. Fougerel le couvrit, l'enve-
loppa avec des soins de mère. Puis il alla dans un
coin de la chambre prendre une chaise pour atteindre
les cadres où le mourant aurait pu lire ces noms
sinistres : *Leipzig. Mont-Saint-Jean!*

Au moment où il s'approchait encore du lit, son
regard rencontra le regard de Malapeyre, mais non
plus menaçant cette fois, ni en quelque sorte fiévreux,
mais calme, triste, presque attendri. Le délire avait
cessé brusquement, faisant place à cet apaisement
affaibli, comme tomberait un voile. Fougerel recula
et se sentit troublé : il lui semblait que dans les yeux
tout à l'heure enflammés de Malapeyre brillait
maintenant une larme. Le moribond sortit alors de
dessous sa couverture sa main maigre et la tendit à
son vieil ami :

— Que tu es bon ! dit-il d'une voix pénible, lente

et grave ; que tu es bon, mon pauvre Fougerel ! Te voilà garde-malade, à présent. Console-toi, ajouta le moribond après un soupir, tu n'as pas longtemps à faire ce métier. C'est fini. Je sens que c'est fini.

— Es-tu fou ? dit le capitaine. Ah ! c'est bien intelligent ce que tu dis là ! Je t'en fais mon compliment.

— Sans doute, reprit Malapeyre, c'est peut-être triste ; mais c'est vrai. Je te rends malheureux en te faussant compagnie ; ce n'est point ma faute. Ah ! Fougerel, si je regrette quelqu'un au monde, mon brave et bon Fougerel, tu peux bien dire que c'est toi !

— Tu n'as rien à regretter ; tu n'es pas mort, sacrebleu, et avant dix jours tu seras à Potsdam. Entends-tu, Potsdam ?

— Oui, oui, répondit Malapeyre en hochant la tête. Je sais bien, c'est la terre promise ; mais on n'y entre pas comme on veut. Je sens que je n'irai pas plus loin, mon pauvre ami... Tu sais que j'ai déjà failli mourir une fois dans ce pays-ci, à l'hôpital de Mayence, blessé, à demi perdu, en 1813. Il paraît que ma destinée était de rester en Allemagne. Ce qui me navre, ce qui me torture, Fougerel, c'est de tomber comme ça, en route, bêtement, sans avoir fait ce que tu sais... Toi, c'est bien, tu es heureux. Tu iras là-bas. Je t'envie cette joie-là. C'eût été bon de revoir le chiffon, de leur reprendre le drapeau qu'ils ont volé... Si je pouvais marcher, j'irais, fût-ce sur les genoux. Du moins, vieux, ne manque pas de faire ce que je vais te demander. Écoute! tu as beau te faire illusion ou essayer de m'en conter, je m'en vais. A nos âges, des patraques comme nous sont tuées par un coup de vent, après avoir résisté aux coups de sabre. Eh bien, quand ce sera fini, Fougerel, quand tu ne m'auras plus là, continue ta route seul; fais ce que nous voulions faire à nous deux. Arrache-le, ce drapeau du 1er grenadiers, et rapporte-le en France, et quand tu l'auras pris, quand il sera à toi, quand il sera à nous, alors reviens de ce côté, va vers le coin de terre où tu m'auras couché, et, frappant du pied, mon vieux camarade, à l'endroit où je dormirai, dis-moi seulement ces mots : « Le drapeau est repris, Malapeyre! » Et je te jure bien que je t'entendrai!

Le vieux soldat avait lentement prononcé ces paroles, qui, dans le silence de la nuit, retentirent

déjà comme des accents d'outre-tombe. Fougerel,
qui ne se sentait point facilement ému d'ordinaire,
eut comme un frisson le long du corps. Mais lorsque
Malapeyre lui dit, après un court silence :

— Tu me le promets, n'est-ce pas ?

Il se redressa, regarda son ami bien en face, et
lui tendant sa large main :

— Je te le jure ! répondit-il.

Le survivant recevait, grave et résolu, la consigne
que dictait le moribond.

La nuit fut longue encore. Malapeyre s'affaiblis-
sait de plus en plus. La fièvre des derniers jours
avait décidément cessé, mais en laissant ce pauvre
corps en proie à la prostration la plus grande. Le
capitaine était à bout de forces. Il n'y avait plus de
vivant en lui que ses deux yeux noirs, qui brillaient
d'un feu étrange ; ses lèvres pâles tremblaient, et le
mal avait en quelques jours émacié ce visage robuste,
creusant d'un doigt cruel les tempes et les joues, et
faisant saillir les pommettes. Parfois, lorsque Malapeyre, accablé, fermait enfin les yeux, et qu'il demeurait ainsi étendu, la bouche ouverte et les paupières

closes, Fougerel se demandait avec effroi s'il était mort, et, s'approchant alors, il se penchait pour écouter la respiration du malade ; mais, au mouvement de son ami, le capitaine rouvrait les yeux et fixait sur lui ses prunelles ardentes, tandis que ses lèvres essayaient de sourire.

Le matin, vers l'aube, Malapeyre fut pris tout à coup d'un frisson singulier. Il porta la main à sa gorge et, d'un ton bas, demanda à boire, puis, comme Fougerel lui tendait, du bout de la cuiller, une potion, ses dents mordirent durement le métal, et il repoussa avec un geste sec le bras de son ami. D'un mouvement saccadé, il s'était redressé encore une fois, et désignant toujours les images appendues au mur : « Non, non, dit-il d'une voix rauque... C'est faux!... Ils sont trop!... Le drapeau... » Il répéta encore, avec un accent à la fois plein de menace et de déchirement ce mot, le dernier qui vint à ses lèvres : *Le drapeau!* et il retomba, raide, les yeux fixes, sur l'oreiller.

Fougerel lui avait pris la main ; il la sentit se contracter, se serrer, et, le regard abaissé sur ce mort,

le capitaine demeura debout, laissant couler silen-
cieusement ses larmes et sentant les doigts de Malapeyre se glacer entre les siens.

Le jour entrait, furtif et pâle, dans cette chambre,
où la lampe jetait maintenant des lueurs intermit-
tentes et mourait à son tour. Un rayon blafard
se posait sur le visage mâle et fier de Malapeyre,
et rendait ses orbites plus caves, ses joues plus
creuses. Fougerel en avait bien vu, des morts et des
mourants, dans ses années de guerre; il avait vu
tomber, ensanglantés, et demeurer immobiles, dans
leurs poses étranges de foudroyés, bien des compagnons, bien des amis; mais, cette fois, ce n'était pas
seulement un frère d'armes qui tombait : c'était sa
propre existence qui se dédoublait et se déchirait.
Qu'il était seul maintenant, noyé, perdu dans l'immense foule! La mort lui prenait la moitié de son
être. Il restait là, cloué au parquet, regardant à travers ses larmes ce soldat mort, dont l'agonie, sur ce
lit allemand, avait eu pour témoins les images des
deux défaites : Leipzig et Waterloo!

Fougerel demeura ainsi, absorbé longtemps. Deux
ou trois petits coups secs, frappés sur la porte, le

tirèrent de son atonie. Il répondit machinalement :

— Entrez.

C'était le docteur, le petit docteur, froid, impassible, qui doucement demanda :

— Eh bien?

— Voyez, répondit Fougerel en lui montrant le mort.

Le médecin fit simplement un *ah!* sans étonnement, et après avoir considéré un moment le cadavre :

— Eh bien, monsieur, dit-il, n'ayant pu le sauver, je me mets du moins tout à votre disposition pour vous faciliter les détails, toujours ennuyeux, et surtout pour un étranger, de l'inhumation.

Fougerel éprouva tout d'abord, devant ce calme et cette indifférence, une colère sourde, et il se demanda s'il n'allait point précipiter le petit homme par la fenêtre ; mais il songea qu'après tout le médecin n'avait aucune raison de s'émouvoir et qu'il faisait, au contraire, ce qu'il pouvait pour être aimable. Alors il remercia, et, machinalement, il suivit le docteur à travers les bureaux, les agences où devaient être reçues les déclarations.

Fougerel, déjà irrité par son séjour en Allemagne, était rendu plus nerveux par cette mort soudaine et cet implacable malheur. Il allait et venait dans les rues de Cologne comme un aveugle, ne voyant et n'entendant rien, suivant sa pensée avec une persistance douloureuse.

La souffrance qu'il éprouvait de la perte de son ami se trouvait doublée par cette mort en pays étranger, Fougerel eût dit volontiers en pays ennemi. « Il y a, sur le sol natal, des endroits bénis où la fin semblerait plus douce. On s'y endort, on meurt chez soi, » songeait Fougerel. Il avait eu l'idée de ramener le corps de Malapeyre au pays; mais, outre que c'était long, difficile, et que Potsdam attendait, l'éternelle question d'argent était là ! « Après tout, se disait le capitaine, le vieil ami ne sera pas le seul. Tant d'autres pauvres diables sont morts avant lui, sur cette rive... autrefois... et dites-moi pourquoi. »

Il passa toute sa journée à courir dans cette ville inconnue.

Le petit docteur l'avait quitté, lui ayant donné

tous les renseignements désirables ; mais Fougerel
avait oublié vite, et, dans le dédale des ruelles et des
couloirs, il lui fallut se débattre, chercher, demander,
s'irriter, pour obtenir qu'on lui permît de donner une
tombe à son ami. Il souffrait, le malheureux, à se
voir ainsi forcé de parlementer avec des employés au
ton rogue, avec des Prussiens à l'air railleur. Il se
sentait secoué par d'âpres colères, bientôt refoulées ;
il n'entendait rien à ces noms qu'on lui dictait ; il
éprouvait l'immense souffrance de l'isolement, décu-
plée, cette fois, par une des plus profondes douleurs
qu'il eût ressenties de sa vie. Le soir, brisé, las, pâle
et défait, il rentra à son hôtel, qu'il eut de la peine à
retrouver. Les gens de la maison le reçurent cette
fois avec une politesse affectueuse. Il y avait tant de
désolation sur ses traits que son rude visage en devenait imposant et beau. Il mangea du bout des dents,
salua ses hôtes et monta à sa chambre. Du bas de
l'escalier, une des servantes lui demanda s'il fallait
faire un lit pour lui dans une autre chambre :

— Non, dit-il, merci. Je veillerai.

On avait jeté sur le corps de Malapeyre ce drap
blanc des morts dont les plis rigides prennent des

aspects de marbre. Un peu d'eau bénite était sur une
table, auprès du cadavre. Fougerel regarda ce lit
mortuaire et soupira. Puis il s'assit. Il prit un livre
et ne put lire. Alors il demeura là, rêvant, les yeux
rivés à ce suaire, et la pensée amèrement emportée
vers les souvenirs d'autrefois, les nuits de bivac, les
journées de bataille, et les longues et chères promenades aussi, les paisibles soirées de Vernon. Que de
temps passé ! que tout cela était loin ! Quelle succes-
sion d'amertumes que la vie ! Mais, à travers ces
pensées, une idée impérieuse revenait et se refaisait
sans cesse sa place. Fougerel entendait encore et
toujours la suprême parole du mort, et, au milieu
du bourdonnement et du tintement que causaient la
fatigue et l'espèce de vide de son cerveau, il lui semblait entendre répéter souvent ce mot : Le drapeau !

Fougerel, accablé, s'assoupit un peu vers le matin. Lorsqu'il s'éveilla, les porteurs de la bière et les
ensevelisseurs arrivèrent. Le capitaine demeura là,
voulut être présent durant les apprêts lugubres.
Lorsqu'il vit son ami couché dans le cercueil comme
un chevalier dans une armure, il souleva un coin du
suaire, et, se penchant sur ce front de soldat, ridé,

chauve et marqué d'un coup de sabre, il y posa ses lèvres, dernière accolade du frère d'armes au frère d'armes. Puis, jusqu'à la fin, il resta debout et l'air résolu.

Ce jour-là, le ciel, voilé depuis la veille, était devenu pluvieux. De petites gouttes d'une sorte de bruine froide tombaient, délayant la boue dans les rues. On put voir, traversant Cologne pour se rendre au delà du Hahnenthor, sur la route d'Aix-la-Chapelle, vers le cimetière, le triste convoi d'un inconnu derrière lequel, seul, la tête découverte, marchait un homme en cheveux blancs.

Le capitaine Fougerel ne prêtait aucune attention à ce qui se passait autour de lui ; il marchait, invinciblement attiré par cette bière qu'on portait devant lui ; cependant il remarqua que les passants ne se découvraient pas devant le mort comme en France.

— On ne te salue guère, mon pauvre Malapeyre, pensait-il. Dans notre petite ville de Vernon, tu aurais eu le piquet de troupiers pour faire escorte à ton ruban de la Légion d'honneur ! Après tout, je suis là, mon vieil ami, et cela te suffit, je gage !

Les passants devenaient sérieux à regarder cet homme qui marchait ainsi, inconnu de tous, sous la pluie, à travers les rues encombrées, et ils murmuraient tout bas :

— Un Français !

Au coin du cimetière, dans un angle paisible, loin des tombes monumentales, à côté d'humbles *tumuli* couverts de lierre et de fleurs, le capitaine fut placé, tandis que Fougerel, mordant avec douleur sa lèvre inférieure, ne pensait déjà qu'à ce jour prochain où il reviendrait, là, à cet endroit même, tenir le serment fait au mort et lui dire :

— Malapeyre, le drapeau est repris !

Lorsque tout fut achevé, Fougerel demeura encore un moment devant la tombe fermée.

— Mon pauvre Malapeyre, dit-il tout haut, mon vieux camarade !... — Allons, ajouta-t-il avec un geste assuré, à bientôt !

Et il regagna le logis où il avait laissé une partie de sa vie.

En rentrant dans la chambre mortuaire, il la trouva immense, glacée. Ses pas dans cette vaste salle lui semblaient résonner comme sous des arceaux. En regardant le lit, maintenant recouvert d'une banale couverture de percale à fleurs en attendant un voyageur nouveau, ses yeux rencontrèrent les deux gravures dont la vue avait irrité cruellement le pauvre Malapeyre.

Cette fois, Fougerel atteignit les cadres insultants et, d'un coup de talon, les brisa au milieu de la chambre; puis, heureux, avec des yeux pleins de larmes, il trépigna dessus avec une amère joie.

Le lendemain, il les fit mettre sur la carte.

L'aubergiste, flegmatique, ne laissa échapper aucune marque d'étonnement. Il ajouta, en le doublant, au total de la note, le prix des gravures.

Fougerel repartit aussitôt. Il avait hâte, en agissant, en recherchant le mouvement et la lutte, de secouer la tristesse profonde qui s'était emparée de lui.

Lorsque, au détour de la route, Fougerel vit disparaître, derrière un pli de terrain, la haute masse du *Dom* inachevé, il ne put s'empêcher d'éprouver ce serrement de cœur qui vous saisit lorsqu'on laisse derrière soi un coin de terre adoré.

Il avait regardé longtemps l'entassement des maisons, les flèches des églises, les ponts immenses jetés sur le vieux Rhin, et, dans ce tas de logis inconnus, de pierres et de rues, il cherchait toujours à deviner l'emplacement silencieux où dormait Malapeyre.

Cologne s'effaça au loin. Il répétait machinalement : « Cologne ! venir mourir à Cologne ! »

Et cette ville étrangère lui paraissait à la fois haïssable et amie, car elle lui prenait — mais lui gardait aussi — la moitié de son cœur.

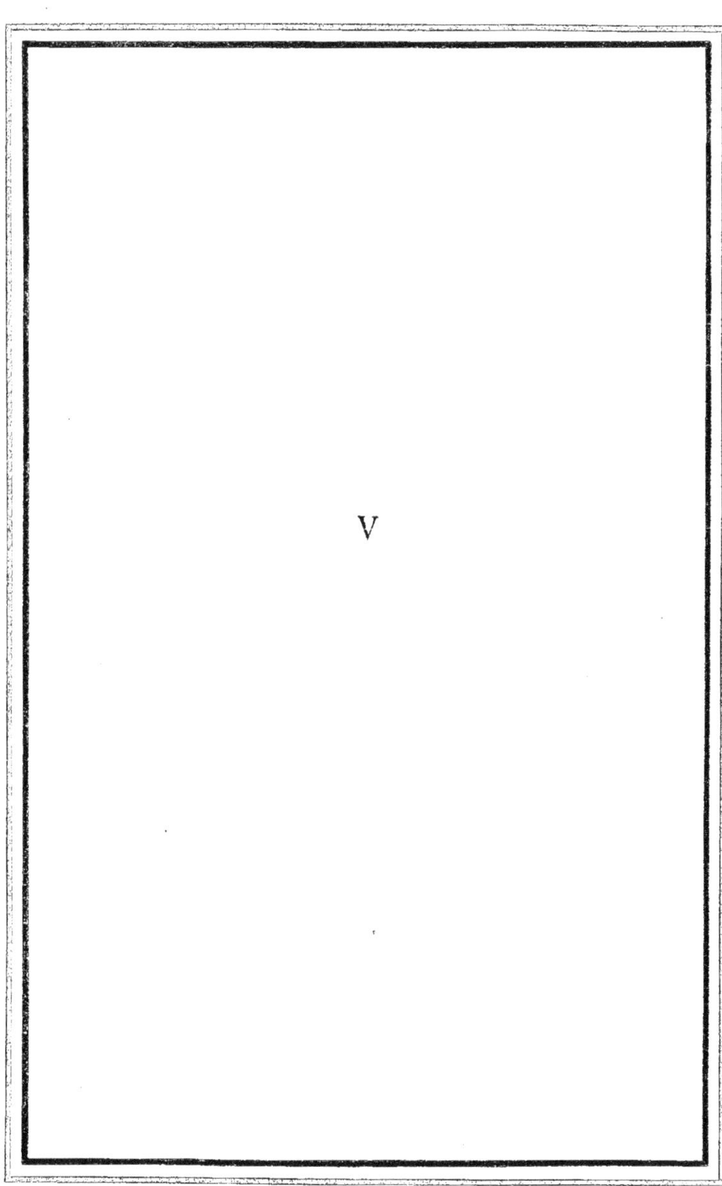

V

V

Puissance de l'idée fixe, de la volonté, de l'achar-
nement à un devoir! Fougerel, à mesure que la petite
diligence, étouffante et cahotée, qui l'emportait vers
la Prusse, avançait, Fougerel ne songeait plus qu'à
l'œuvre insensée qu'il voulait tenter, et il lui semblait
que Malapeyre était toujours à ses côtés pour lui
dicter sans cesse le mot d'ordre. Arrivé à Berlin,
Fougerel se sentit pris de colère, devant cette capi-
tale à l'aspect de caserne, pleine de soldats corrects

et d'officiers insolents, ville de résidence de caporaux
et de courtisans. Dès le premier jour, il prit des infor-
mations pour savoir comment on pouvait aller à
Postdam. On lui indiqua l'heure à laquelle partait la
diligence, et le lieu où il pourrait la prendre. Un
interprète débattit pour lui avec le cocher le prix
voulu, aller et retour. Fougerel ne se souciait plus
de converser avec des Allemands; il éprouvait une
sorte de rage à entamer ces dialogues, où il ne se faisait point comprendre. Le lendemain matin, rasé de
frais, ganté, sanglé comme un jour de revue (et c'était
un jour de bataille), le capitaine Fougerel partit pour
Potsdam, où il allait se trouver enfin dans quelques
heures.

Il avait la fièvre; il fredonnait en lui-même un
refrain d'autrefois; il avait l'impatience de l'homme
qui touche à la minute décisive de sa vie. Il pensait
à Malapeyre aussi; il regrettait jusqu'au profond de
l'âme qu'il ne fût point là, à ses côtés.

— Pauvre ami, c'eût été sa grande joie!

Car il ne doutait pas, chose singulière, que le drapeau du régiment ne fût bientôt à lui. C'est un privilège
de l'extase qu'elle rend tangible une impossibilité.

Il ne se demandait même point comment il ferait pour atteindre le drapeau, pour l'arracher à l'ennemi, pour l'emporter. Il était certain que le drapeau lui appartiendrait. Il le sentait déjà, pour ainsi dire, entre ses mains, et la soie frissonnait par avance sous ses baisers. Ce n'était pas à un combat que semblait marcher cet amant du devoir, mais à un rendez-vous d'amour.

Il éprouva pourtant une émotion profonde et grave lorsque, la voiture s'arrêtant, le conducteur jeta ce nom :

— Potsdam !

Potsdam ? C'était donc là !

Il ne savait de toute la langue allemande que le nom de l'église où se trouve, dans cette ville solennelle et régulière, ornée d'arcades, de palais, de statues, le tombeau de Frédéric le Grand, la *Garnisons-Kirche*. Un passant la lui indiqua du doigt.

La *Garnisons-Kirche,* à Potsdam, nue et grise, comme toute église protestante, n'aurait rien de remarquable à coup sûr, si elle ne contenait le tombeau du grand Frédéric. C'est un temple froid et

clair, avec des bancs et des galeries de bois, des murs
sans ornement, des verrières sans couleur. Quelque
chose comme une église de campagne. Le cercueil
du roi emplit, semble-t-il, ce lieu sans grandeur. Il
est de plain-pied avec le visiteur, ce tombeau devant
lequel s'arrêta le vainqueur d'Iéna, pensif et satisfait. Au milieu de l'église, dans un caveau factice en
forme de chapelle, le tombeau, d'aspect noir, en
étain, sans ornements, apparaît, faisant face au cercueil paternel, à travers la grille de fer qui le sépare
de l'église et de l'accès du public. Jadis figuraient là
l'épée et les décorations de Frédéric le Grand. Napoléon, en 1806, les fit emporter. Et comme un des
siens lui conseillait de mettre à son côté l'épée du
grand Frédéric : « Imbécile ! répondit l'empereur,
blessé dans sa vanité. A quoi bon? J'ai la mienne ! »

La Prusse a fait à son roi des trophées de nos
drapeaux. Deux trophées d'étendards captifs ornent
la chaire ou chapelle de marbre qui surmonte le
sépulcre royal.

Au-dessus de cette chapelle, une sorte de galerie
s'élève, dominant le tombeau ; on y parvient à droite
et à gauche par un escalier, et, arrivé à la galerie,

on aperçoit alors au-dessous de son regard les dalles
noires et blanches de l'église, la grille qui s'ouvre
sur le caveau du roi, les deux faisceaux de drapeaux
français, de ces drapeaux de la grande armée, aux
couleurs fanées, aux franges déchirées par les balles,
et qui pendent, carrés, à leurs hampes bleuâtres. Les
plis poudreux de ces drapeaux des grandes guerres
arrivaient alors jusqu'à la portée de la main des visiteurs. Depuis quelques années, une sorte de balustrade en sépare davantage le public. En se penchant
sur la galerie, on pourrait cependant encore toucher
cette soie déchirée, déchiquetée dans le combat, et
qui répand comme une odeur de salpêtre et de pous-
sière. Ces trophées des victoires de Blücher étendent
ainsi leur ombre sur le sommeil du roi philosophe.
Les petits-neveux du vainqueur de Rosbach témoi-
gnent de leur haine contre les vainqueurs d'Iéna.

Tout cœur français se sentirait durement frappé
à la vue de ces drapeaux, arrachés aux mains cris-
pées des morts de Waterloo. En entrant dans la *Garnisons-Kirche*, Fougerel, pâle, contenant, sous une
froideur feinte, l'émotion la plus profonde qu'il eût
ressentie de sa vie, avança lentement, les veines gla-

cées, et tout d'abord ses yeux s'arrêtèrent sur le tableau des médaillés de 1813 morts à Potsdam, invalides de la guerre de l'indépendance allemande, dont on encadre les médailles en souvenir de leurs hauts faits. Le capitaine regarda cela, s'avança ensuite jusqu'à la grille de la chapelle, puis il s'arrêta brusquement. Au-dessus de lui, là„ dans la lumière presque insultante d'un rayon de soleil, il avait vu enfin des drapeaux tricolores, des drapeaux français, avec leurs lettres d'or et leurs inscriptions. Un coup de couteau ne lui eût pas fait plus de mal. Il se sentit pris d'une rage profonde en les regardant, ces drapeaux noircis et funèbres comme des crêpes de deuil. Il lui fallut demeurer un moment immobile, tant son émotion était grande. Le sang lui montait au front et battait à ses tempes. Puis le capitaine revint à lui, et il passa sur son crâne, qui brûlait, sur ses yeux gros de larmes, sa main tremblante, lorsqu'un vieillard presque gigantesque, maigre, sec, la moustache rude, coiffé d'une casquette à cocarde noire et blanche et portant une longue capote grise de sous-officier, s'approcha, et, après l'avoir un moment considéré, lui dit d'une voix gutturale :

— Monsieur est Français? Monsieur veut visiter?

— Oui, répondit alors Fougerel en secouant son émotion terrible.

Le gardien fit quelques pas vers la chapelle, l'ouvrit, alluma une chandelle, puis s'arrêtant brusquement devant le tombeau, sur lequel tombait la lumière, et, prenant instinctivement la pose correcte et machinale du soldat prussien à l'exercice, il commença d'un ton de litanie *l'explication* qu'il donnait, depuis bien des années, aux visiteurs. Il détailla les hauts faits du roi de Prusse, le récit de ses combats; puis, désignant les trophées suspendus au dehors, il entama machinalement le récit de la bataille de Waterloo, où les drapeaux français avaient été conquis; mais au moment où il prononçait ce nom de défaite:

— Inutile, interrompit Fougerel, je sais... j'y étais...

— Ah ! fit le sous-officier en demeurant immobile.

Il se fit un silence glacial entre ces deux hommes. Le capitaine, l'œil fixe, ne disait mot. Tout à coup le Prussien, au bout d'un moment, demanda tout bas à Fougerel :

— Quel régiment?

— 1er grenadiers de la garde. Dernier carré !

— Ah ! dit encore le Prussien, c'est mon régiment qui vous a chargés...

— Quel régiment ?

— Hussards noirs !

Le capitaine ne répliqua pas, mais il redressa sa haute taille, et, regardant le gigantesque sous-officier droit dans les yeux, il fit vibrer dans l'éclair de ses prunelles toute sa rage concentrée, toute sa fureur passée, toute sa douleur présente; et, devant l'électricité farouche de ce regard, le gardien baissa lentement ses paupières sur ses yeux d'un bleu gris et froid.

C'était comme une flamme de la lutte ancienne, qui brillait et incendiait encore, montrant la profondeur sinistre de la haine amassée entre ces combattants d'autrefois, maintenant vieillis, cassés, courbés par l'âge. Après trente ans, la patriotique colère, la rage de la mêlée subsistaient dans toute leur fièvre ardente. Fougerel, raide, superbe, fit d'un pied assuré deux pas en avant.

— De là-haut, — dit froidement le gardien en relevant un peu la tête et en montrant la galerie, puis

l'escalier qui y conduisait, — on voit mieux les drapeaux.

A ce moment même, la porte de la *Garnisons-
Kirche* s'ouvrait et se refermait avec bruit. C'était
une famille de touristes anglais qui y entrait en par-
lant très-haut. Le sous-officier, avec cette avidité de
valet qu'ont la plupart de ses compagnons d'armes,
quitta un moment le capitaine pour aller recevoir les
visiteurs, dont il attendait sans doute un pourboire
plus considérable, et Fougerel en profita pour sortir
de la crypte, et gravir aussitôt les marches qui con-
duisaient au premier étage. Son cœur sautait sous
son habit boutonné. Une fois arrivé sur cette sorte
de terrasse, le capitaine, en se penchant, eut comme
un éblouissement. Là, près de lui, là, les aigles, dans
la lumière, faisaient étinceler encore leur or poudreux ; les inscriptions glorieuses éclataient sur les
drapeaux déchirés ; là, à portée de sa main, courbés
en éventail devant le tombeau du roi prussien, les étendards de la vieille garde semblaient couchés comme
des courtisans qui saluent un maître. Quelle âpre
et violente douleur ! les revoir en ce lieu, captifs,
offerts à la curiosité banale ou à l'ironie des foules !

Quelle fièvre aussi, quel immense rêve! les sentir si près, les voir près de soi, les toucher !

Le sang de Fougerel battait horriblement, et une sorte d'angoisse lui serrait la gorge et le faisait vaciller sur ses jambes.

Il avait envie de s'élancer sur ces trophées et de les jeter bas, d'un coup violent, inouï, et de se précipiter avec eux dans le vide, les tenant embrassés, lorsque tout à coup, justement sur celui des drapeaux qui se trouvait le plus rapproché de la balustrade où il s'accoudait, le capitaine aperçut, luisant encore, le chiffre de son régiment, ce chiffre 1 des grenadiers.

Il le revit, ce lambeau superbe pour lequel il avait joué et voulu donner sa vie; il le reconnut encore à cette hampe brisée, dont une balle avait emporté l'aigle, alors que le capitaine l'agitait dans la fumée. Le drapeau! c'était le drapeau du régiment, le drapeau lacéré, déchiqueté, ramassé sur les corps étendus, et recousu, pour la plus grande gloire de la Prusse, par les jolies mains d'une princesse allemande.

— Malapeyre ! Malapeyre ! murmura instinctivement Fougerel.

Il se sentait poussé par un sublime vertige; il se pencha sur la balustrade, atteignit de sa main droite fiévreusement étendue le drapeau dont la soie vieillie caressa ses doigts comme une peau de femme, et, le prenant alors à pleine main, d'un coup violent, tirant à lui l'étoffe sacrée, il l'arracha, la déchira rapidement, l'attira vers lui, la baisa avec une joie débordante, puis brusquement, comme s'il venait de commettre un forfait, il serra d'un geste prompt ce lambeau tricolore sur sa poitrine, boutonnant en hâte sa redingote, et se redressant tout à coup, tandis que là-bas, dans l'église, le sous-officier-gardien disait en anglais aux nouveaux visiteurs :

— Approchez s'il vous plaît; le tombeau est au milieu.

Fougerel, pareil en ce moment à un prêtre croyant qui vient de recevoir l'hostie, descendait déjà les marches qu'il avait gravies tout à l'heure, et, ému jusqu'aux os, étouffant son immense joie, il ne songeait qu'à regagner la porte de l'église et la rue.

Au bas de l'escalier, devant la grille du tombeau,

il se heurta contre le gardien, qui le regardait, l'air
obséquieux, la main tendue. Fougerel lui donna au
hasard, sans le regarder, une pièce de monnaie (le
gardien dit depuis que c'était un louis d'or); puis,
brusquement, le capitaine alla droit devant lui jusqu'à
la porte extérieure. Il étouffait. L'air du dehors le
frappa en plein visage, frais et bon. Fougerel ôta son
chapeau et se mit à marcher tout droit, à travers la
place, d'un pas rapide, ne songeant plus à la voiture
qui l'avait amené, ne pensant à rien qu'à fuir, qu'à
emporter, à cacher, à dérober sa conquête. L'idée
qu'il avait volé quoi que ce fût ne lui venait pas : il
n'avait que la joie du soldat qui a emporté une posi-
tion d'assaut, et qui se retrouve sain et sauf, après la
victoire. Ce drapeau sur la poitrine lui causait comme
une chaleur réchauffante. Le capitaine rayonnait,
et cependant son cœur battait à coups précipités. Le
carillon de la *Garnisons-Kirche* se mettait justement
à jouer en sautillant un air guilleret, heureux, un air
français. Fougerel l'entendait. Il lui semblait que le carillon joyeux célébrait son triomphe. Il avançait à grands
pas, comme à la charge. Ces rues droites de Potsdam,
tirées au cordeau, semblables à celles de Versailles,

lui paraissaient interminables. D'ailleurs, il ne voyait
rien, il avait devant les yeux comme un voile. Il
allait. Un contentement vaste, profond, absolu, l'inon-
dait d'une joie qu'il n'avait jamais ressentie, joie de
fiancé enlevant sa fiancée, joie de poète touchant à son
rêve, joie de fou embrassant sa chimère, ou plutôt
joie plus profonde et plus grave, la joie faite de volonté du soldat qui vient, en dépit de tout obstacle,
d'accomplir son devoir et de gagner la bataille.

Tout à coup, derrière lui, Fougerel entendit une
clameur, un bruit de voix, des cris, le choc de talons
lourds sur le pavé, et, livide, en se retournant, il
aperçut un groupe d'hommes qui, du bout de la rue,
couraient vers lui en criant. La seule pensée de Fougerel fut celle-ci:

— *Il* est perdu!

Il ne songeait qu'au drapeau; il s'oubliait lui-
même. Presque en même temps, la pensée lui vint
de jeter au hasard dans quelque puits ou quelque
trou, n'importe où, le drapeau qu'il avait enlevé. Il
lui avait semblé, en venant, traverser une rivière.
C'est la Havel, qui arrose Sans-Souci. Où se trouvait-
elle? Il eût, en roulant l'étendard autour d'une pierre,

jeté ces lambeaux au courant de l'eau. Cette idée lui
venait, tandis que, hâtant le pas pour fuir, il entendait les cris se rapprocher et redoubler. En courant,
il se trouva brusquement devant le petit canal qui
traverse la ville. Il se crut sauvé, ou du moins il crut
sauvée l'étoffe tricolore qu'il avait conquise. Il s'arrêta court, chercha du regard un caillou, un objet
quelconque, et, glissant sa main sous son vêtement,
il y sentit la soie frissonnante, lorsque tout à coup,
débouchant de l'angle d'une rue transversale, rouges,
essoufflés, trois ou quatre sous-officiers prussiens,
sortant de la caserne qui est proche, se précipitèrent
sur le capitaine en hurlant des menaces.

Fougerel dégagea ses mains et, faisant quelques
pas en arrière, s'adossa aussitôt à la muraille d'une
maison : là, blème et menaçant, les yeux embrasés
sous ses rudes sourcils, la moustache hérissée, les
poings fermés, le grand vieillard attendit l'attaque
des soldats, qui reculaient devant son regard.

— Vous ne l'aurez pas ! disait-il ; lâches, vous ne
l'aurez pas !

Mais déjà la foule grossissait autour du Français.
Le gigantesque gardien de la *Garnisons-Kirche* accou-

rait, ameutant les passants, criant : *A mort!* et
montrant son poing osseux au capitaine, dont l'atti-
tude menaçante demeurait pareille à une statue. Les
injures, les cris, les hurlements se croisaient autour
de Fougerel; pourtant on n'attaquait pas encore,
lorsque le sous-officier géant poussa par les épaules
les soldats qui se trouvaient devant lui, et les jeta
littéralement sur le capitaine. Alors, décidé à se laisser
déchirer, assommer par ces furieux, Fougerel disputa
sa vie et ce qui était plus que sa vie — le drapeau —
aux soldats, dont les poings le prirent au cou, dont
les souliers le frappèrent aux jambes. Il serrait contre
sa poitrine le drapeau que d'autres mains tentaient
de lui reprendre. Les doigts crispés sur cette étoffe
sainte, il sentait les ongles des assaillants lui labourer
la chair :

— Lâches, criait-il encore, vous ne l'aurez pas!
vous ne l'aurez pas !

Les soldats le poussaient furieusement contre la
muraille.

— A coups de sabre ! cria le sous-officier.

L'un d'eux dégaina, et Fougerel sentit la lame de
fer lui tomber sur la joue. D'autres le prenaient par

les jambes et le renversaient. Cette meute l'eût mis en lambeaux sans remords.

— Misérables ! cria le capitaine, dont le sang coulait...

Il murmura encore quelques mots : « Malapeyre ! mon pauvre Malapeyre ! le drapeau !... » et s'évanouit, perdant son sang.

Blessé à la tête, les soldats voulaient l'achever. L'arrivée d'un officier le sauva. On le porta à l'hôpital ou plutôt à l'infirmerie d'une prison. Quand il revint à lui, ce fut pour répondre aux questions que lui posèrent des juges instructeurs. D'abord il ne voulut pas se soumettre à l'interrogatoire ; il disait :

— Laissez-moi, fusillez-moi ; je ne vous connais pas !

Puis il se décida à dire pourquoi il avait arraché le drapeau :

— J'avais juré de le reprendre.

Il ne donna plus, dès lors, d'autre raison. Lorsqu'il fut guéri, on le mit au cachot. Il y resta six mois, pendant qu'on instruisait son procès. L'affaire avait fait grand bruit ; les *mangeurs de Français,* comme s'appelaient alors les imitateurs de l'écrivain

Menzel, en tiraient un parti considérable dans les gazettes. Fougerel, lui, ne sortait plus de son mutisme sombre. A la fin, l'ambassadeur de France intervint dans ce débat et laissa entendre que les six mois de prison préventive suffiraient bien à punir le capitaine. Il obtint que Fougerel serait mis en liberté, ce qui fit, à cette époque, accuser de faiblesse le gouvernement prussien. Lorsqu'on lui annonça ce résultat, Fougerel ne laissa paraître aucune joie. Il dit seulement :

— C'est bien.

Une escorte de gendarmes prussiens le reconduisit jusqu'à la frontière. Il demanda, à Cologne, la permission de s'arrêter une journée, une après-midi, une heure, afin d'aller au cimetière.

On lui refusa cette faveur.

Et, lui, hochant la tête :

— Après tout, se dit-il, cela vaut peut-être mieux. Qu'irais-je dire à Malapeyre ? Je n'ai pas tenu parole !

A la frontière belge, il fut libre, mais sans éprouver aucun sentiment heureux en recouvrant cette liberté. Il lui semblait maintenant que sa vie était

finie, manquée, usée, inutile. Jamais, même après
les désastres de son âge mûr, il ne s'était senti aussi
profondément vaincu et humilié! Lorsqu'il revit,
à Givet, l'endroit où s'était assis Malapeyre, déjà
malade, ce soir d'août où les moucherons volaient
dans l'air, Fougerel sentit un sanglot lui monter à la
gorge, et il pleura.

— Oui, dit-il tout haut, pleure, va; maintenant
tu n'as plus que cela à faire !

VI

VI

Il revint à Vernon, et il éprouva une douleur
profonde, mais silencieuse, en retrouvant dans la
petite ville toutes choses en leur coin habituel, les
mêmes gens, les mêmes pavés, tout, excepté l'ami
qui lui rendait, en ce coin de France, la vie aimable
et occupée. Comme ce petit logis de la vieille rue
Saint-Jacques, plein de souvenirs de vingt années,
où chaque objet rappelait le souvenir de Malapeyre,
sembla triste et immense à Fougerel! Il lui fallut
conter à la vieille dame la mort de son ami. Elle
écoutait, levait la main au ciel, disait :

— Pauvre monsieur !

Quand Fougerel eut fini, elle lui demanda doucement d'où lui venait sur la joue droite cette cicatrice
qu'elle ne lui connaissait pas.

— Oh ! rien, répondit Fougerel. Un post-scriptum
au passé, voilà tout.

A partir de ce jour, il reprit peu à peu l'habitude
d'aller comme jadis dîner à l'*Hôtel d'Évreux* et
fumer sa pipe au *Café de la Ville*. On lui réservait
toujours sa table, la *table des capitaines*. On le saluait,
on le choyait. Il parlait peu et se promenait volontiers
seul sur l'avenue de la Maisonnette, ou il allait jusqu'aux Valmeux, ainsi qu'autrefois avec son ami.
Tout en marchant, on l'entendait parfois se parler
comme à lui-même ou à un être imaginaire auquel
il disait de temps à autre :

— Que veux-tu ? j'ai fait ce que j'ai pu. Il ne faut
pas m'en vouloir.

Souvent, à l'hôtel, il demandait, pendant son
repas, un peu de malaga.

— Une larme, disait-il.

Et il le buvait doucement en souvenir de l'ami
mort. Puis il rentrait au logis, dépliait les vieux

papiers laissés par Malapeyre, les relisait, hochait la tête ou encore regardait les épaulettes du capitaine, sa croix d'honneur et la capote portée à Waterloo, et s'occupant à rechercher dans le drap usé la trace de la balle qui avait blessé son ami :

— Voilà, disait-il. Oui ! En pleine poitrine. Et après avoir supporté ça, mourir d'une fièvre en voyage. Parodie que la vie !

Il vieillissait ainsi, de plus en plus triste, courbé. Les années passaient. Les petites filles que Fougerel avaient vues autrefois jouer à la corde dans le Bassin-Vert étaient devenues maintenant des femmes, des mères de famille, presque des grand'mères, dont les enfants jouaient aussi, à leur tour, sur le Bassin-Vert. Les petits garçons auxquels il apprenait en riant l'exercice étaient officiers, négociants, sous-préfets. La vieille dame qui louait le logis de la rue Saint-Jacques était morte. Tout changeait, grandissait, se modifiait ; une génération arrivait, d'autres partaient, et le vieux capitaine Fougerel, ridé, cassé, se traînant sur sa canne, allait toujours à la *table des capitaines,* donnant en passant son coup d'œil aux joueurs d'échecs ou de billard.

Il était maintenant plus qu'octogénaire, et le chagrin en avait fait un vieillard presque en enfance.

On l'entendait radoter et marmotter tout seul :

— Il ne faut pas m'en vouloir... Nous nous serions défendus à deux, voilà tout ! Mais à Potsdam, comme à Waterloo, ils étaient trop, va, vieux !

D'autres fois, il demeurait pendant les beaux jours, assis sur un banc, au soleil, le long des *Avenues,* le regard plongé dans une contemplation muette, ses yeux fatigués regardant devant lui sans voir, et sa main traçant machinalement sur le sable quelque plan de combat. En passant devant lui, les enfants marchaient à pas étouffés, mettaient leurs doigts sur leurs lèvres roses, et les plus raisonnables disaient aux plus petits :

— Taisons-nous ! c'est le capitaine Fougerel qui dort.

Souvent aussi, le vieillard sortait de cette somnolence et de cette sorte de torpeur. C'était dans ses beaux jours et lorsqu'il consentait à parler. Alors sa figure ridée, mais encore mâle, s'animait et de sa voix grave et forte il donnait aux nouveaux le mot d'ordre des anciens :

— Sachez vous dévouer, vous autres ! Soyez généreux, quittes à être dupes. Soyez patriotes, quittes à être chauvins, comme les plaisantins disent. Aimez ce qui est beau, servez ce qui est bien. Ayez une foi, un drapeau, et mourez pour lui. Cela vaut mieux que de vivre sans lui.

Puis il retombait dans son rêve.

Un soir du mois de juillet 1870, — il n'y a pas dix ans, et il y a dix siècles, — le capitaine Fougerel était allé machinalement, comme d'habitude, à la gare de Vernon, où, avec le train de Paris, arrivent chaque soir les nouvelles du jour. Non pas que le vieillard s'inquiétât beaucoup des nouvelles, mais c'était une promenade.

Il y était allé, courbé sur sa canne, traînant le pied, toussant et fatigué. On le saluait en chemin, et il avait peine à rendre son salut.

En arrivant à la gare, il vit une foule compacte, il entendit un bruit inaccoutumé ; il remarqua que les regards des gens brillaient, que les gestes étaient saccadés et les mains fiévreuses.

Il demanda ce que c'était.

— Ce que c'est, capitaine?... C'est la guerre !

— La guerre? dit le vieillard en dressant l'oreille.

— La guerre avec la Prusse !... La guerre est déclarée !

Le capitaine Fougerel s'appuya, pour ne point tomber, à la grille qui borde la voie; puis, blanc comme un linge, il se redressa brusquement, et, levant en l'air sa canne dont maintenant il n'avait plus besoin pour se soutenir, il poussa d'une voix forte un grand cri :

— *Vive la France!*

On vit alors le vieux soldat, tout à l'heure brisé, courbé, débile, retrouver une énergie suprême et marcher presque rapidement vers la ville, en faisant tournoyer son bâton de vieillesse entre ses doigts ridés.

Il parlait tout haut, et d'une voix ferme :

— Malapeyre ! mon vieux Malapeyre, disait-il,

le drapeau, eh bien! le drapeau, nous allons le
reprendre enfin cette fois !

Pendant le repas, à l'*Hôtel d'Évreux,* le vieux
soldat, pris d'une fièvre généreuse, rayonnait.

Il fit apporter du Malaga pour toute la table, et
l'on but bravement à l'armée qui partait, aux victoires futures. Quant à la défaite, qui y songeait alors ?

Comment ! un gendarme allemand passerait,
flegmatique et lourd, à travers une campagne française marquée du fer de son cheval et lugubrement
trouée de croix mortuaires? Était-ce possible ?

— A la victoire des nouveaux! répétait Fougerel, dont la voix ardente vibrait comme un clairon.

Puis, après la soirée au café, prenant son chapeau
et l'enfonçant d'un coup sec sur son front, le capitaine rentra en son logis, répétant tout haut dans les
rues désertes :

— Le drapeau, ils nous le rapporteront, entends-
tu, Malapeyre ?

Et le vieux soldat s'endormit sur ce rêve.

Le lendemain, la ville de Vernon apprenait, avec une émotion profonde, que le vieux capitaine Fougerel avait été trouvé, le matin, dans son lit, frappé d'une attaque d'apoplexie.

Le vieillard était mort le sourire aux lèvres.

Depuis ce temps, personne ne s'assied, là-bas, à la *table des capitaines*.

Paris, 1873-1878.

ACHEVÉ D'IMPRIMER PAR A. QUANTIN

le 15 février 1879

POUR LE COMPTE DE GEORGES DECAUX

ÉDITEUR A PARIS